Sonya
ソーニャ文庫

残酷王の不器用な溺愛

八巻にのは

JN143112

イースト・プレス

contents

プロローグ

その日、ローナン国の首都ディセルダは深い霧《きり》に包まれていた。

大きな湖の側にあるディセルダは一年を通して霧の多い街だが、この日の霧は特に深く、まるでローナン国民の嘆きと悲しみを表しているかのようであった。

穏やかだった前王フィリップが不慮の事故で亡くなってから早三か月。それ以来この国に流血と悲鳴が絶えた日はない。その元凶は新国王のグラントだ。

グラントはフィリップの弟で、ローナン国軍の元帥《げんすい》であった。

彼は血も涙もない冷血漢《れいけつかん》と恐れられ、勝利のためならどんな犠牲も厭わない男として有名だった。

彼は王になるなり『この国の膿《うみ》は全て掻《か》き出す』と宣言し、自分に刃向かう貴族たちを粛清《しゅくせい》し続けている。

前王は他人を疑わない性格だった。それ故に政治の腐敗《ふはい》を見抜けなかったのだろう。隠れて私腹《しふく》を肥《こ》やす貴族は多く、それが前王の死と共に明るみに出ると、グラントは横領に関わった貴族たちを次々に排除し始めたのである。

無慈悲な粛清に多くの国民は眉を顰《ひそ》め、同時に彼を恐れた。

けれどグラントはどれだけ国民に恐れられようと気にしなかった。むしろ彼はその評判を利用して貴族たちを束ね、国を治めるつもりのようだった。

国民は、そんな王が治める国に明るい未来はないと嘆《なげ》いている。

そして今日、グラントはこの国に残る唯一の光を奪おうとしていた。

前王の末娘『ヒスイ』とグラントの結婚が、今日執《と》り行われるのだ。

『優しく慈悲深い七の姫』と呼ばれる彼女は、この国の守護神である女神『ディセル』によく似た容姿を持つ慈愛《じあい》に満ちた美しい娘だった。

常に国民の幸せを願い、慈善事業に私財を惜しまぬ彼女は国民からの人気が高い。

そんな彼女をグラントが放っておくはずもなく、彼は国王になって早々に彼女を自分の妃にと望んだのだ。

それを聞いた国民は、あの優しく美しい姫がさぞ恐ろしい目に遭《あ》うだろうと、一様に胸を痛めた。


——だがただ一人、この結婚を心の底から喜び、霧深い朝を笑顔で迎えた者がいる。

「もう、みんなそんな顔しないで。私、今すごく幸せなのよ」

式が執り行われる教会の一室でにこやかに言い放ったのは、恐ろしい目に遭うはずの七の姫――ヒスイである。

　ヒスイの支度《したく》を手伝う侍女や、彼女の親友であり護衛騎士のシャルなど、取り囲む者たちは皆悲愴《ひそう》な表情を浮かべている。

　しかし、その中にあって、純白のドレスを身に纏い、ヴェールをつけるヒスイの表情には一点の曇《くも》りもない。

「ねえ、私おかしくないかしら？　このドレス、グラント様は気に入ってくれるかしら」

「……ああ、ヒスイ様が陛下のもとへ嫁《とつ》ぐなんて」

「ねえシャル、聞いている？」

「ヒスイ様の母君の祖国に戻り、幸せに暮らしていただきたかったのに、何故よりにもよって妃になど……」

「ねえシャルってば、ちゃんと見て！」

　強く言っても、シャルの顔には嘆きと悲しみがはりついたままで、ヒスイの幸せな顔は完全に無視されている。

　そこでヒスイは僅《わず》かに表情を暗くし、ため息をついた。

　姫のことが心配だ、きっとグラントにひどい目に遭わされる、という会話しか聞こえてこないことに胸を痛めつつ、ヒスイは部屋の片隅に置かれたクマのぬいぐるみを取り上げる。

　それはヒスイにとって宝物であり、お守りでもある。だから、式場まで持っていきたいと我《わ》が儘《まま》を言って、シャルに運ばせたのだ。

それを取り上げぎゅっと抱きしめると、不意にぽんと肩に手を置かれた。

見れば、今にも泣きそうな顔のシャルがヒスイとクマを見つめている。

「そんなに無理をせずとも、悲しければ泣いてもいいんですよ」

自分より三つほど年下だけれど、親友でもある彼女は優しく言ってくれる。

「違うのよ。悲しい気持ちなんて、本当に何一つないの」

「ヒスイ様はいつも一人で抱え込みすぎです。だからせめて、あなたの悲しみくらいは共に背負いたい……」

「本当に悲しければ、とっくに泣いてるわ。ただ今回は本当に、私、幸せなの」

そう言って、ヒスイはクマのぬいぐるみをシャルの前に突き出した。

「このぬいぐるみだって、以前陛下がくださった物なのよ。小さい頃は、他にも色々と良くしてもらったし」

「あの陛下にそんな優しさがあるはずありません。自分が殺した相手の首を保存しているような男ですよ」

「それって、ただの噂《うわさ》でしょう？」

少なくともヒスイが知るグラントは、生首を飾って楽しむような趣味はなかった。むしろ彼の部屋はいつもクマのぬいぐるみでいっぱいだと言っていたし、『好きなときに遊びに来ればよい』とまで言ってくれていたのだ。

それをシャルに告げると、彼女はひどく心配そうな顔でヒスイをじっと見つめる。

「もしかして、悲しみのあまり記憶障害をおこしているのでは？」

「でも、実際クマはここにあるわ。これはね、昔グラント様に――」

「私が、何だ？」

突然響いた声に、室内の会話がピタリと止まる。

「陛下……！」

しんと静まりかえった部屋の前に立っていたのは、ヒスイの結婚相手であるグラントだった。

ヒスイだけは喜びのあまり悲鳴を上げかけたが、グラントがブーツの音を響かせ、長身の体軀を少しかがませながら部屋に入ってくると、ヒスイとシャル以外の者たちは皆恐怖に顔を引きつらせ、部屋の隅へと散っていく。

だがそれも無理はない。グラントはとても大柄で筋肉質な上に、人相がとにかく恐ろしいのだ。

猛禽類《もうきんるい》を思わせる金の瞳は常に鋭く、見つめられた者のほとんどは悲鳴を上げる。

それに加えて、彼の髪はこの国では忌み嫌われる銀髪だ。

銀髪は、この国の守護神である女神と対《つい》になる邪神の象徴とされている。金色や茶色の髪が一般的なローナン国では銀髪は少なく、銀髪であったとしても、ほとんどの人が地毛を隠すために染めてしまうものだから、グラントのようにありのままをさらしている者は少ない。

忌み嫌われる銀髪、見る者を射殺しそうな眼力、そして人を圧倒する巨軀《きょく》の三拍子がそろったグラントは、確かに生首を集めていたとしても違和感がない。

「準備が済んだのなら、皆出て行け。私は姫と話がある」

グラントの声に、侍女たちは早足で部屋を出て行く。唯一シャルだけは一人で大丈夫かと視線で問いかけてきたが、ヒスイは笑顔で頷《うなず》いた。

教会の狭い控室に二人残され、ヒスイはヴェール越しにそっとグラントを見上げた。

こちらを見つめるグラントは、いつも以上に眉間《みけん》に皺《しわ》が寄っており、眼光も鋭い。

普通の女性ならば、恐怖のあまり泡《あわ》をふいてしまいかねない形相だ。

しかしヒスイは違った。

(……どうしよう、今日のグラント様はすごく素敵だわ!)

悪魔のような顔に睨《にら》まれていたとしても、彼の目が自分を見つめてくれることが嬉しくてしょうがない。

(それに礼装も信じられないくらい格好いいわ。どうしましょう、私つりあっているかしら?)

婚礼用にめかし込んだグラントはいつも以上に格好よく見えて、ヒスイは呼吸の仕方さえ忘れてしまいそうだった。

だがこのまま倒れては困るので、彼女は泣く泣くグラントから視線を剥《は》がして息を整え

る。

「……逃げたいか？」

そのとき、グラントがぽつりとこぼした。

「い、いえ……」

「嘘を言うな。お前は今これ見よがしに目を背けたではないか」

「それは、緊張してしまって……。式で、粗相《そそう》をしないかどうかも心配ですし……」

「緊張など無用だ。お前には何も期待していない。無様に転ぼうが泣こうが構わん」

「でも、あまりに無様では陛下の妻として……」

「立派な妻など望んでいないから気にするな。そもそも本当は娶《めと》るつもりはなかったのだ」

冷たく突き放すような言葉に、ヒスイはしゅんとなり、ヴェールの下で小さく唇を噛《か》む。

「必要なのは、お前が私の妻であるという事実だ。民から人気のあるお前を側に置いておけば何かと便利だし、お前の祖国とは今後もよりよい関係を続けていきたいからな」

淡々と告げられた言葉に、ヒスイは「はい」と小さく答えることしかできなかった。

ヒスイはずっとグラントに恋をしていたが、彼は違う。それをわかっていたはずなのに、いざ面と向かって言われると胸の奥が苦しくて切ない。

（でも、それでも、私はグラント様と結婚できる）

胸の痛みを隠すために、ヒスイは自分にそう言い聞かせる。

元々、グラントへの想いは叶わないとわかっていたのだ。遠くからずっと見ていることしかできない淡い初恋だと胸の内で繰り返してきた。

それが今、グラントは自分を妻にしようとしている。

妻になれば、これからは側で彼を支えることだってできるのだ。そう思えば、それだけで十分だ。

「あの、よろしくお願いいたします」

彼にふさわしくありたいし、可能な限り彼を愛したい。

そんな気持ちでヒスイが微笑《ほほえ》むと、グラントはふいと顔を背けてしまう。

彼は妻になる人間に、欠片《かけら》ほどの興味もないのだとその仕草で察したけれど、寂しい気持ちは胸の奥に押し込める。

そして彼女はヴェール越しにグラントを見上げ、改めて彼の妻となる覚悟を決めたのだった。

第一章

深い霧が晴れぬ中で、式は厳《おごそ》かに執り行われた。

来賓《らいひん》もなく、周囲を取り囲むのは騎士ばかりという物々しさだったが、ヒスイはこの上なく幸せだった。

（今日から私、グラント様の妻なんだわ……）

式を終え、城へと戻る馬車の中で、ヒスイは改めて結婚の実感がわいていた。

結婚式の後というより葬式帰りと言われた方が自然に思えるような険《けわ》しい顔で外を眺めている夫をこっそり窺いながら、ヒスイはそっと微笑む。

式でキスを交わした後は一度も目を合わせてくれないけれど、それでもこうして近くにいられるだけで嬉しいし、胸がドキドキしてしまう。

むしろ、ドキドキしすぎて呼吸までおかしくなりそうな気がして、ヒスイは心を落ち着かせるためにグラントから視線を剥がし、窓の外へと目を向けた。

ようやく霧が晴れ始めたのか、馬車の外は石造りの街並みが淡く浮かび上がっている。

グラントの横顔と同様に、こんなに近くで街並みを見たことがなかったヒスイは、興味深く車窓の風景に目をこらした。

目につくもの全てが珍しいのは、ヒスイが幼い頃からずっと、ローナンの後宮から出ることがなかったからだ。

「……逃げ出す算段でもしているのか？」

窓の外を真剣に見つめていたヒスイに、グラントが鋭い眼差しを向ける。

そんな表情すら素敵だわと思いつつ、ヒスイは首を横に振った。

「この辺りに来るのは初めてなので、物珍しくて」

「そういえば、お前は城の外に出たことがなかったな」

「はい。この容姿は目立つから、出てはならないと父に言われていたので」

父と言っても、ヒスイが前王フィリップに会ったのは数える程しかない。その理由の一つは、ヒスイが前王の本当の娘ではなく、彼に嫁いだ母の連れ子であるということだ。

ヒスイは遠い東の島国『ヒノカ』から、幼い頃に母と共にやってきた。それ故、ヒスイの容姿はこの国では大変珍しい。

戦争によって領土を広げたローナン国は多くの属州を持っているため、首都ディセルダでは多種多様な人種が見られるが、艶やかな黒髪と深い緑色の瞳、そして黄色がかった肌を持つヒスイのような人間はそういない。

ヒスイの祖国であるヒノカは、この国からは大きな砂漠と険しい山脈を五つも越えた先にある遠い島国で、陸路で行くのは厳しく、海路で行くにしてもいくつかの中継地を経由してようやくたどり着けるところにあった。

しかしそんな遠くにあっても、ヒノカは重要な交易拠点で、ローナン国との付き合いは古く、繋がりも深い。貴重な品々が集まる場所であるため、ローナンも古くから船を出し交易を行ってきたのだ。

長い戦争を経て、いくつもの属州を持つまでになった大国ローナンと比べると、ヒノカは小さい国だ。

ヒスイがヒノカにいたのは幼い頃だったので、今はもうおぼろげにしか覚えていないが、一年を通して暖かな気候のせいか、ローナンよりもおおらかな性格の人々が多く、生活もとてもゆったりとしていたように思う。

だがのどかで小さいながらも多くの富を持つ祖国は、常に周辺国からの脅威《きょうい》にさらされてきた。

四方を海で囲まれているため侵略は容易ではないが、それでも重要な交易拠点であるヒノカを我が物にと思う国は少なくなかった。

そんなとき、同盟の話を持ちかけたのがローナン国である。

大陸最強の軍を持つローナンは、ヒノカがある東方の地でも、脅威とされていた。

だがローナンの申し出は、あくまでも『同盟』であった。もちろん対価は払わねばならないが、強力な軍を持たぬヒノカにとって、ローナンの後ろ盾は非常に魅力的だった。

その対価とは、ローナン国が信仰する女神ディセルに似た容姿を持つヒノカの第三王女

——すなわちヒスイの母『ミナト』を差し出せというものだったが、彼女は平民の男と結婚しヒスイを産んだことで、国内では腫《は》れ物扱いされていたから、厄介《やっかい》払いができると家族は喜んで要求を受け入れたらしい。

　そしてミナト自身も、夫を病で亡くして以来再婚はしていなかったため、娘のヒスイを共に連れて行くことを条件に、国のために申し出を受け入れた。

　同盟は速やかに結ばれ、ミナトは娘のヒスイを連れてローナンへとやってきた。

　だがここでも、ミナトたちの存在は歓迎されなかった。

　彼女を娶った前王フィリップは、一時期異常なほど彼女に入れ込み、彼女との子をなすために、他の妃を蔑ろにした。

　突然現れた遠い国の女に王の寵愛《ちょうあい》を奪われたと、他の妃たちは嫉妬《しっと》し、ミナトと彼女の愛する娘であるヒスイを虐《しいた》げた。

　だがフィリップとミナトとの間に子供ができる気配はなく、それがわかるとフィリップは次第にミナトを邪険にするようになった。

　国民からは穏やかで優しいと評判の王だが、少なくとも後宮に住まう妃たちに対しては冷酷《れいこく》で、利用価値がないとわかったミナトへの扱いはひどかった。

　二人は後宮の外れにある離れに追いやられ、使用人の数を減らされ、祖国から送られてきているはずの金も、ほんの僅かしか与えられなかった。

　そのせいで、ミナトとヒスイは王族でありながら着飾ることができず、周りの妃や姫からは『東の蛮族』などと馬鹿にされ、虐げられ続けた。

だが逃げ出すこともかなわず、ヒスイが自由にできたのは心だけだった。

城下町はどうなっているのだろうか、そこを歩くのはどんな気持ちだろうかと憧《あこが》れ、外を歩く自分を想像することで、辛い気持ちをやり過ごしてきたのだ。

(でも今、ずっと憧れていた景色の中にいるのね)

しかも隣には、ずっと好きだったグラントがいる。

「あまり身を乗り出すと落ちるぞ」

彼は、ぶっきらぼうに言いながらヒスイの腰にそっと手を回した。

苛立っているようにも見える厳めしい表情をしているけれど、ヒスイは彼が自分を心配してくれている気がして嬉しくなる。

(グラント様は、いつもこうして私を気遣ってくださる……)

王の寵愛を失い、妃たちから虐げられてきたヒスイだったが、そのとき唯一手を差し伸べてくれたのが、グラントなのだ。

当時から彼は常に厳しい表情をたたえ、口調も振る舞いもお世辞にも穏やかとは言えなかったが、彼はヒスイたちが日用品すら満足に与えられていないと知ると、裏で手を回して必要な物を用意してくれた。

その上、友達もおらず、一人寂しく過ごしていたヒスイの遊び相手になってくれることさえあったのだ。

平民の父を持つヒスイは祖国でも疎《うと》まれ、遊んでくれるのは母と年老いた乳母だけだった。

ローナンに来たら新しい友達ができるかもしれないと思っていたがそれも叶わず、常に寂しい思いをしていたヒスイにとって、グラントは初めてできた家族以外の遊び相手だった。

仏頂面《ぶっちょうづら》で、常に眉間に皺が寄る彼の顔を最初は少し怖く思っていたが、ヒスイが頼めば鬼ごっこでもままごとでも、何でも付き合ってくれた。

特に好きだったのは肩車だ。

身体の大きい彼の肩にのると、驚くほど遠くまで見通せて、城での生活で感じていた息苦しさからほんのひととき解放された。

それにグラントの銀色の髪は柔らかくて、それを触りながら景色を見るのは、胸がきゅっと痛くなるほど幸せだった。

会話は少なかったけれど、彼との時間はいつも楽しくて、ヒスイは彼のことをあっという間に大好きになったのだ。

その気持ちは次第に恋へと変わり、幼いヒスイは『大きくなったらグラントのお嫁さんになりたい』などと無邪気におねだりもしていた。

だからこそ、こうして彼の隣にいられるのはこの上ない幸せで、逃げ出すなんて考えたこともない。

「どうした？」

いつの間にか、ぼうっとグラントを見つめてしまっていたヒスイに、彼は怪訝《けげん》な顔を向ける。

見惚れていたと言うのも恥ずかしくて、どう言葉を返せばよいかわからずに狼狽《うろた》えていると、グラントの表情が少しだけ和らいだ。

「改めて見ると、お前は本当にお母上によく似ているな」

その言葉に、浮かれていたヒスイの心が深く沈む。

しかしそんな気持ちは顔に出さず、「母に似ているなんて光栄です」と微笑んだ。

（やっぱりまだ、グラント様はお母様のことが好きなのかしら）

おそらくグラントは、美しく聡明だった母を愛していた。

そして母もきっとグラントを愛していた。

母が亡くなる直前、ヒスイはきつく抱き合う二人の姿を見て、そう確信したのだ。

それに、母が亡くなってから、グラントはヒスイの前に滅多に姿を現さなくなった。

金銭的な援助はしてくれていたけれど、顔を合わすたびに悲しげな顔をしていた。

きっと自分の顔を見ると、亡き母を思い出すのだろうと察したヒスイは、グラントを苦しめたくなくて彼と会うのをやめた。

それからもうずいぶんと時が経ち、彼は自分のことなど忘れてしまったのだろうと思った矢先の結婚だったので、こうして妻にと望まれたことがまだ少し信じられなかった。

けれどもし、グラントがヒスイと母を重ねているのだとしたら、この急な結婚も納得できる。

（利用価値があるって彼は言うけれど、それだけではない気がする。……もしかしたら、私の面倒を見ることを、お母様と約束していたのかもしれない）

どこにも帰る場所のないヒスイの身を案じ、母が生前グラントに頼んでいたと考えるのが妥当なところだ。愛した母の願いを、優しい彼は無下《むげ》にできなかったのだろう。

それを思うと複雑な気持ちになるけれど、グラントに恋愛感情がないのは理解していたことだ。

（私はそれを承知で結婚を選んだんじゃない）

彼が自分を好きでなくても、妻になれば側にいられる。

側にいられれば、自分と母に尽くしてくれた彼に恩返しができる。

今まで不要とされてきた自分がグラントのために生きられる。それだけでも十分すぎるほど幸せだと、ヒスイは気持ちを前向きに立て直した。

ヒスイはこうして、物事を良い方向に捉えるのが得意だった。

『望まれぬ子』として生まれ、母と共に辛い日々を過ごしてきたヒスイには、本当の意味で幸せに過ごした時間はほんの少ししかなかったが、辛いことばかりの日々を少しでも楽しく生きるために母が教えてくれたのが『どんな人にも良い面はある』と信じることだったのだ。

母はヒスイよりもずっと辛い目に遭ってきたが、他人を悪く言うことは一度もなかった。そんな母の強さにヒスイはずっと憧れていたし、大好きだった。だからこそ、グラントが好きになるのもわかるし、それが理解できるおかげで、失恋の悲しみにも耐えることができたのかもしれない。

（むしろ、お母様の代わりになれるのを光栄だと思おう。そしてお母様の分まで、グラント様に今までの恩返しをしよう）

これから始めるグラントとの未来に、ヒスイは胸を熱くする。

（たとえ何があろうと、絶対に後悔なんてしないわ）

改めて決意して、ヒスイはぎゅっと拳《こぶし》を握る。

けれどヒスイの決意は、予想外の出来事によって、揺らぐことになるのだった……。

＊＊＊

「やっぱり間違っていたんです、こんな結婚！」

親友であるシャルにそう怒鳴《どな》られたのは、式を終え新しい部屋に案内されたときのことだった。

元々は後宮住まいだったヒスイだが、前王が亡くなったのを機に後宮が解体されることとなり、城へと居を移すことになったのである。

そもそも後宮は、二代前の国王の負の遺産と言われていた。征服した国にあったハーレムに憧れた先々代の国王は、一夫多妻制を罪とする女神の教えに背き、それを模した後宮を作った。先代国王のときに規模は縮小されたが、それでも廃止になることはなかった。

しかしグラントは、後宮を『金の無駄だ』と切り捨てたのである。

後宮の妃たちは、グラントのことを良く思っていなかった。冷酷非道な彼を野蛮人だと卑下《ひげ》しあざ笑っていたから、彼は厄介払いの意味を込めて後宮を解体したのだろうとも言われている。

多くの妃と姫が実家に追い返され、ヒスイも一時期はヒノカに送り返されるのだろうと思っていた。

だが蓋《ふた》を開けてみれば、ヒスイだけは後宮にとどまるように言われ、この結婚と共に立派な部屋まで用意してもらえることになったのだ。

そしてこの部屋のことだけは、シャルも喜んでいた。

シャルはヒスイの護衛騎士として、隙間《すきま》風の絶えない東屋同然の部屋で寝起きを共にしていた。あの部屋の狭さとかび臭《くさ》さと寒さを知っているからこそ、あの部屋からヒスイを出したことについては、グラントを評価すると言っていたのである。

けれどその唯一の高評価が、今覆《くつがえ》されようとしている。

「ヒスイ様にこんなお部屋を与えるなんて、ひどすぎます」

「でもすごく立派なお部屋よ。暖炉《だんろ》までついてるし」

「暖炉なんてどこの部屋にもついてますよ。でもここは悪趣味すぎます！」

「確かにちょっとびっくりするけど、これもほら、装飾品だと思えば」

「装飾品って、このクマの剝製《はくせい》がですか!?」

そう言ってシャルが睨むのは、部屋の四隅《よすみ》に置かれたクマの剝製だ。

二メートルはあろうかというクマが、今にも獲物に飛びかかろうとしているポーズで、部屋の四隅に一頭ずつ立っているのは確かに異様である。

「嫌がらせに決まってます！　姫様を怖がらせて、陛下は楽しんでおられるのです」

「さすがにそんな幼稚《ようち》な嫌がらせはしないと思うけれど……」

「嫌がらせでないなら、何故、妻の部屋にこんなものを置くのですか！」

シャルの疑問はもっともだ。実際、彼女だけでなく、ヒスイ付きになった侍女たちも四隅のクマにはビクビクしている。

そしてヒスイもさすがにちょっと怖かった。クマのぬいぐるみは好きだけれど、リアルなものが四つもあると落ち着かない。

（けれど、嫌がらせだとはどうしても思えないのよね……）

何のためかと言われてもわからないが、不思議と悪意はないと確信できるので怒る気にはなれない。

（ある種のおまじない……とかかしら）

グラントの恐ろしい噂の中に『人を呪い殺すための呪具をたくさん集めている』という

ものがあった気がするので、これもその一種なのではとヒスイは考える。

とはいえ、その考えを口にすれば、シャルが『姫様を呪い殺そうとするなんて！』と騒ぎ出しそうなので黙っておいた。

「でもほら、シャル専用のお部屋もあるのよ！　それに、大きなソファに素敵なテラスもあるし、ここでお茶をしたら素敵だと思わない？」

「クマに見られながらですか？」

「も、森の中にいると思えば……」

「森の中であっても、こんな獰猛《どうもう》なクマの隣でお茶はしません」

もっともすぎる切り返しに、ヒスイはそれ以上何も言えなかった。

「姫様、現実を見ましょう。こんな物を用意するなんて、陛下は我々を嫌っているに違いありません」

「でも、嫌われるようなことはしていないわ」

「ですがグラント様は気難しい方として有名です。まったく非のない人を『不快だから』という理由で処刑したとか……」

ヒスイは信じていなかったが、今シャルが口にしたような内容が城内で噂になっているのは事実だ。

「あと、冗談を言っただけで磔《はりつけ》にされたとか、微笑みかけただけで頭の皮を剝がされたなんて噂もあるんです」

「そのうち、息を吸っただけで斬首されたって噂が出そうな勢いね」

「既にあります」

冗談のつもりだったので、さすがにヒスイも呆《あき》れてしまう。

「それが本当なら、今頃お城の中には誰もいなくなってるわ」

「私だって、噂の全てが本当だとは思っていません。ですが火のないところに煙は立たないし、彼の悪評は昨日今日の話ではありません」

確かに、グラントは若い頃からいい噂がなかった。

王の弟でありながら政《まつりごと》にまったく興味を示さず、彼の関心は戦ばかりだと言われていたのだ。

若い頃から軍に所属し、常に前線で馬を駆り剣を振るう彼がいたからこそこの国は負け知らずであったのだが、功績を残す一方、その苛烈《かれつ》な戦い方は畏怖《いふ》の対象であったらしい。

敵の血を浴びることを何よりの喜びとし、笑いながら人を殺す男――。

そんな通り名が、グラントにはいつしかついてまわっていた。

ローナンが他国と戦を続けるのも、血に飢えたグラントが王に無理を言っているせいだとまで言われていたのだ。

玉座につくと同時にピタリと戦をやめたことでその噂は途絶えたが、代わりに今は『気に入らない家臣を殺して楽しんでいる』などという噂が囁《ささや》かれている。

優しいグラントがそんなことをするわけがないとヒスイは思うが、実際グラントの代になって城を追われた者はたくさんいるし、その中には忽然《こつぜん》と姿を消してしまった者も多いというから、グラントへの不信感が恐ろしい噂になるのも無理もないとわかっている。

「あの方は、恐ろしい方です。ですから絶対に油断なさらないでください」

シャルがヒスイの手を取り、ぎゅっと握りしめる。

大丈夫だと反論したい気持ちもあったが、シャルが心の底から自分のことを心配してくれているのはわかっていたので、ヒスイは大人しく頷いた。

シャルはヒスイを守るための騎士だ。もし自分が彼女の立場だったら、主の身を案じるのは当たり前のことだ。

それにヒスイだって、グラントに対する不安が何もないわけではない。

優しい彼に恋をして、今もその気持ちは変わらないけれど、母が亡くなってからはほとんど顔を合わせていないのだ。その間に彼の心が変化してしまったことは十分あり得る。

(ずっと戦に出ていたそうだし、お辛い経験をして人間不信になってしまった可能性だってあるわよね)

だからといってヒスイはグラントを嫌いになどなれないが、彼の方はもう昔のようにヒスイに優しくしてはくれないかもしれない。

そのことは肝に銘じておかねばと思いつつ、ヒスイもまたシャルの手をぎゅっと握りしめた。

＊＊＊

城で過ごす初めての夜は、静かにすぎていく。むしろ静かすぎて落ち着かない気持ちになり、ヒスイは夜着に着替えると、ベッドの上でぼんやり四隅のクマを眺めていた。

シャルも用事があると言って出て行ってしまい、部屋にはヒスイだけが残されている。式の後、グラントが姿を見せることはなく、テーブルにつくのもヒスイ一人きりという寂しさで、結局食事は早々に切り上げてしまった。

シャルと賑やかに食事をするのが常だったヒスイにとって、一人きりの食事はひどく味気なかったのだ。

一人で使うには広すぎるテーブルや、一言も喋《しゃべ》らない使用人たちは堅苦しくて息が詰まる。

料理も豪華《ごうか》すぎて気後れしてしまうし、何よりこの後グラントと夜を共にすると思うと緊張してしまい、食事はほとんど喉を通らなかった。

残してしまったことを詫びつつ、「おいしかったと料理人にお伝えください」と言い置いて、ヒスイは部屋に戻り、こうしてぼんやりクマと見つめ合っている。

(こうしていると、少しは可愛《かわい》く見える……ようなそうでもないような)

夜になり、今にも相手を食い殺しそうな恐ろしい顔立ちが見えにくくなった分、幾分か親近感もわいてきた。

側に寄りたいとは思わないけれど、それでも広い部屋にたった一人でいるよりはマシかもしれないと思っていると、部屋の扉が叩かれた。

「入るぞ」

こちらの返事も聞かず、扉から入ってきたのはグラントだった。

ヒスイが慌《あわ》ててソファから立ち上がろうとすると、グラントはそのままでいいと手で示す。彼は後ろ手に扉を閉め、ヒスイの側までやってきた。

薄暗い部屋の中、暖炉の炎に照らされたグラントの面差しに、ヒスイは視線を吸い寄せられる。

常に険しい表情をしているせいで恐ろしいと思われがちだが、彼の容姿は決して醜《みにく》いわけではない。

むしろ顔立ちは整っていて、眉間に刻《きざ》まれた皺と鋭い眼差しさえなくなれば、女性から人気を集めたに違いない。

それに何より目を引くのは、彼の髪だ。前髪を半分だけ残して整えられた銀髪は、ローナンでは不吉の象徴だと言われているが、ヒスイはその色に静かな優しさを感じ、幼い頃は彼の髪に触れるのが好きだった。

その髪にまた触れられるかもしれないと思うと、ヒスイの胸は早鐘《はやがね》を打つ。

「……言葉を失うほど、私が嫌いか」

ふと、グラントがぽつりとこぼした。

「ち、違います」

「隠さずともよい。お前の心がどうであれ、私にはどうでもいいことだ」

突き放すような言い方に、ヒスイは思わず落ち込んだ。

（やっぱり私には、興味ないってことよね……）

彼が好きなのは母だとわかっていたのに、ほんの少しくらい自分を好きになってくれるかもしれないと、無意識のうちに期待していたのかもしれない。

「妻の務めは果たしてもらうが、多くは望まない。今晩は抱くが、毎夜お前に付き合う暇《ひま》はない」

淡泊《たんぱく》な言葉には、愛情など欠片も感じられず、むしろヒスイを抱くことを面倒だと思っているようにも聞こえる。

けれどそれに落胆する暇はなかった。グラントがヒスイの腕をぐっとつかんだからだ。

「さっさとすませよう。お前も、私との時間など早く切り上げたいだろうからな」

言うなり、グラントはヒスイの腕を引き、夫婦の寝室へ移動する。

部屋の奥にある扉は二人の寝室に繋がっているが、入るのは初めてだった。

緊張のあまり、きちんと確認できたのは豪華なベッドが置かれていることくらいだったけれど、前にヒスイたちが暮らしていた後宮の部屋よりもこちらの方が広そうだ。

「ずっと黙っているが、やはり怖いか？」

ベッドの前に連れてこられたところで、グラントが静かに尋ねた。

じっと見つめられ、緊張するが、ヒスイは小さく首を横に振る。

「緊張を、してしまって……」

「安心しろ。痛まないよう薬も用意させた。お前はただ寝ていればいい」

グラントはヒスイを抱き上げ、ベッドの上に軽々とのせてしまう。

「ただし、逃げ出そうと思うな」

鋭い眼差しと共に念を押され、ヒスイはそんなつもりはないと言おうとした。

（でも、今の私が言っても説得力なんてないかしら……）

緊張のあまり声が掠《かす》れ、表情も強ばっている自覚があるし、埋まらない彼との距離感に対する不安で、心が落ち着かない。

言葉一つ満足に返せず、ヒスイは己の情けなさにうなだれる。

「そんな顔をするな」

そのとき、ヒスイの頭にぽんと大きな温もりがのせられる。

はっとして僅かに視線を上げると、グラントが苛立った顔でヒスイの頭を撫《な》でていた。

その表情は険しく、先ほどよりも恐ろしく見えたけれど、彼の手つきはぎこちないながらも優しい。

それを感じていると、子供の頃に優しくされたことが思い出され、やっぱり自分は彼が好きなのだとヒスイはしみじみ思う。

彼は昔もヒスイが落ち込んでいると、こうして頭を撫でてくれた。剣ダコのある彼の手は硬く節くれだっていて、触られるたびに髪が乱れてしまったけれど、その手に触れられるとひどく安心できたのだ。

その手が母の死と共に遠ざかってしまったとき、ヒスイは深く悲しんだ。

長い間泣いて、もう一度彼に触れてもらえるなら何でもすると星に願ったこともある。

(そうよ……。彼の側にいられるなら何でもするって、そう決めたはず)

彼が自分を好きではないことも、理解していたはずだ。甘い期待を抱いてはいたが、それが打ち砕かれたとしても逃げないと決めたのだ。

ならば今更、落ち込んでなどいられない。

「ごめんなさい、大丈夫です。続けてください」

グラントの顔をしっかりと見て、ヒスイは力強く告げる。

それから彼女はベッドの上で姿勢を正し、母から教わった作法を真似《まね》て、グラントに頭を下げた。

「ふつつか者ですが、妻として精一杯頑張《がんば》りますので、どうぞよろしくお願いいたします」

指先をつき、ヒスイは淑《しと》やかに告げる。

「頭を上げろ、今更かしこまる必要もないだろう」

「いえ、私はもう陛下の妻ですから。……それにもう一度、改めてご挨拶《あいさつ》をしたいと思っていたので」

　本当は馬車の中で言葉を交わしておくべきだったのだが、あのときは浮かれすぎていて妻としての挨拶をすっかり忘れていた。

　顔を上げると、ヒスイはグラントに優しく微笑む。

「閨事《ねやごと》は初めてなので至らぬ点もあるかと思います。おかしなところがあれば何でもおっしゃってくださいね。……あとそうだ、先ほどおっしゃっていたお薬というのはどちらにありますか？　ぐいっと飲めばよろしいのですか？」

　夜着も脱いだ方がよいでしょうかと質問を重ねながら、ヒスイは胸元に手を置いた。

「……待て」

「あ、申し訳ございません。服は男性に脱がせていただくのでした……」

「いや、そういう意味ではなくてだな」

　苦虫を噛みつぶしたような顔で言うと、グラントはそこでヒスイから僅かに距離を置き、押し黙る。

　やはり自分は何か粗相をしてしまったのかとそわそわしていると、グラントは長い沈黙の後、ゆっくりと口を開いた。

「……泣いて嫌がらない女は初めてだ」

「え？」

「私に抱かれるとなると、女は皆恐怖で顔を引きつらせ、泣き叫ぶ」

「……陛下には、他にも、こういうことをする女性がいらっしゃるのですか？」

「今はいない。昔は女を紹介されることもあったが、まあその、色々あってな……」

とにかく今はいないと言うグラントにほっとしていると、彼は少しだけヒスイに近づいた。

「金で同意を買った女でも泣き叫ぶのだから、お前はもっと取り乱すかと……」

「確かにその、初めてなので緊張していますし、取り乱すかもしれませんが、泣き叫んだりはしません」

ただ初めては痛むと言うから、涙はこぼれてしまうかもしれないとだけ告げる。するとグラントは、枕元に置かれていた小さな瓶《びん》を手に取った。

「痛みは、これを飲めば緩和できるそうだ」

「よかった。それなら、見苦しい顔をお見せしないですみそうです」

もしも痛い痛いと泣きすがってしまったら、子供の様だと呆れられるのではないかと不安だったのだ。

ただでさえ好意を持たれていないのに、そんな情けない姿を見せたら幻滅されてしまうかもしれない。

「では、失礼します」

ほっとしたヒスイはグラントの方に身を乗り出すと、彼の手の中にあった薬をひょいと取り上げ、微笑んだ。

「いただきます！」

「お、おい待て、そんなに一気に飲むな！」

ヒスイがぐいっと薬を呷《あお》ると、グラントが珍しく慌てた声を出す。

その直後、彼に小瓶を取り上げられたが、中身は飲み干した後だった。

「ごめんなさい。甘くて飲みやすかったので、一気に飲んでしまいました」

「いや、まあ量が少ないから大丈夫だとは思うが……」

空になった小瓶をサイドテーブルに置くと、グラントはヒスイの側に膝《ひざ》をつき、様子を窺う。

「気分はどうだ？」

「まだ、何も変化はありません」

「悪くなったら言え」

「悪くはありません。むしろちょっとぽかぽかして心地よいくらいです」

ごちそうさまでしたと告げると、そこで初めて、グラントはささやかながら笑みを向けてくれた。

「お前は、昔から私を驚かせる天才だな」

苦笑と共にこぼれた言葉に、ヒスイははっと顔を上げる。

「昔のこと、覚えてくださっているのですか」

「忘れようがない。私はいつもお前に驚かされ、翻弄《ほんろう》されてばかりいた」

昔を懐かしむ様子がみじんもなかったので、もしかしたら自分と過ごした日々は綺麗さっぱり忘れられているのではないかと不安に思っていた。

だからグラントの言葉が嬉しくて、ヒスイは自然と笑顔になる。

「覚えてくださっていて嬉しい」

「……そんな顔を、私に向けるな」

どこか慌てたような声に顔を上げると、すぐ間近にグラントの顔があった。

直後、ヒスイの身体は彼の逞しい腕に抱き寄せられる。

「……ん、ッン……」

自分のものとは思えない吐息がこぼれたのは、何の前触れもなくグラントに唇を奪われたせいだった。

触れるだけのものではない、舌を使った濃厚な口づけに、ヒスイは呼吸さえままならなくなる。

僅かに開いた隙間から舌を差し入れられ、肉厚な舌先で歯列をなぞられると、身体が甘く痺《しび》れ、くたりと力が抜けてしまう。

「陛下……」

唇を離された頃にはすっかり息も上がってしまい、ヒスイはグラントの腕に身を預け、胸を上下させる。

そんなヒスイをじっと見つめていたグラントは、彼女の火照った頬にそっと指を這わせた。

彼の金色の瞳には劣情の兆《きざ》しが灯っている気がして、ヒスイは不思議な高揚《こうよう》感を覚える。恥ずかしいような嬉しいような気持ちは、身体に疼きをもたらし、ヒスイは熱い吐息をこぼした。

「身体がすごく熱いのですが、これは薬のせいでしょうか……」

夜着を取り払ってしまいたいと思うほど熱いけれど、さすがに自分から服を脱ぐのははしたない気がして、ヒスイは夜着の裾《すそ》をぎゅっと握りしめる。

けれど身体の熱は刻一刻と高まっていき、なんとも言えない切なさが身体の奥からヒスイをむしばむ。

どうすればそれを止められるのかわからず戸惑っていると、グラントが彼女の夜着に手をかけた。

「私がやる」

ヒスイの気持ちを察したのか、グラントは言葉と共に夜着と下着を取り払い、彼女をベッドの中心に横たえた。

グラントに裸をさらすのは恥ずかしいのに、金色の目に見つめられるとなぜだか嫌な気はしなかった。

「陛下……私……」

それどころか、切ないような物足りないような気持ちに支配されてしまう。

もっとして欲しいと言うべきか我慢すべきか悩みながら、ヒスイはグラントを窺った。

すると彼はヒスイにのしかかるように身体を倒し、口づけを再開する。

先ほどより荒々しい舌使いで口内を犯しつつ、彼は大きな手のひらでヒスイの乳房を掬《すく》い上げた。

「ん……あぁ……陛下……」

グラントの手によって揉みしだかれる乳房の中心で、ヒスイの乳首が赤く熟《う》れていく。

「あぁ、だめ……つままないで……」

懇願したが、グラントの手は止まらなかった。むしろその動きは執拗《しつよう》になり、ヒスイは心地よさと恥ずかしさの間で身をよじる。

グラントの指先が乳首を刺激すると、得も言われぬ愉悦《ゆえつ》が身体を貫《つらぬ》き、自分が自分でなくなってしまいそうになる。

「ここが、好きか？」

「はい……、あンっ、そこ……」

短い問いかけに、ヒスイは恥じらいを捨てて頷いた。

刺激に合わせてビクビクと身体を揺らし、もたらされる刺激に身を委ねる。

ヒスイが抵抗しないことを察したグラントは、時間をかけてキスと乳首への刺激を行う。

彼の舌と指は巧《たく》みで、ヒスイの身体に眠っていたはしたない欲望を次々暴き出す。

「あぁ、……やぁ……身体が……身体が、変に……」

「正常な反応だ、問題ない」

「でも……熱くて……」

「問題ない」

低い声で繰り返し、グラントはヒスイの乳首を攻めていた手を秘部へと這わす。

グラントの指先に蜜襞を触られた瞬間、ヒスイの目の前で火花が散った。

「ああっ……！」

嬌声をこぼしながら、ヒスイは大きく身体を揺らす。

「達《い》ったのか？」

グラントが尋ねてくるが、ヒスイに答える余裕はない。

グラントはヒスイの様子を注意深く見つめながら、秘所からこぼれる蜜を撫でる。

それだけで、ヒスイの身体は再び疼き出し、グラントの指がもたらす刺激に身体は再び反応し始めた。

（なんだか自分の身体が、自分のものではなくなっていくみたい……）

今やヒスイの身体を御《ぎょ》しているのはグラントの指先だ。彼に触れられ、愉悦《ゆえつ》を引き出されると、ヒスイの身体は自分の意志に反してはしたない動きを繰り返してしまう。

グラントによって身体を淫らに開かれるその様は、傀儡師《くぐつし》に支配される操り人形のようだ。そのことに恐怖を覚える一方で、快楽の糸に身も心もからめとられてしまいたいと願う気持ちも芽生えつつあった。

「陛下……私……」

懇願の言葉こそ口に出さなかったけれど、甘く震える声には更なる刺激を求めるヒスイの気持ちが表れていた。

しかしグラントは答えず、じっとヒスイを見つめている。

呆れられてしまっただろうかと不安になるが、しばらくの後、グラントはヒスイの頭に手を置いた。

置かれた手は優しく、まるでヒスイを愛おしむように頭を撫でてくる。

「ンっ……」

それにほっとしたのもつかの間、グラントは蜜に濡れたヒスイの襞を指で押し開いた。

途端に、ヒスイの身体は何かを欲するように切なく震える。

自分が何を渇望《かつぼう》しているのかはわからないけれど、望むものを与えてくれるのは目の前の男しかいないと、本能がそう告げていた。

「陛下……へいか……」

「焦るな。もっとほぐさないと、私のものは入らない」

諭《さと》すように言って、グラントの指がヒスイの入り口をぐっと押し広げる。

「あっ……ぁや……」

僅かな圧迫感と共に、グラントの指が自分の奥へと入ってくるのを感じた。

ヒスイの望みなどお見通しだと言わんばかりに、膣の中でグラントの太い指が蜜を掻き回すように動く。

自分の中に異物が入っている感覚は少し怖いけれど、それ以上にグラントの指が中を広げる感覚は心地よかった。

「ああ……中……すごい……」

ヒスイの口から恍惚《こうこつ》とした声がこぼれ、吐息に熱が籠もる。

グラントの戯《たわむ》れは中だけでなく、赤く熟れた花芽にも及び、ヒスイは嬌声を上げ、髪を振り乱した。

中と外を同時に刺激されると、強すぎる愉悦に再び意識を持っていかれそうになる。

「やぁ……や……だめ……」

ひとしきりヒスイを乱すと、勢いよく指を引き抜き、グラントはズボンの前をくつろげる。それをぼんやりと見つめていたヒスイだったが、彼が取り出したものを見た途端、薬によって蕩《とろ》けていた理性が僅かに戻った。

（うそ……あんなに……大きいの……）

男性器についての知識は本で得ていたけれど、予想よりもずっと、グラントのものは大きくて太かった。

「ンッ……」

あれが自分の中に入るわけがないと思う一方、ヒスイの身体は彼を求めるように震えてしまう。

「さすがに痛むと思うが、我慢しろ」

ヒスイの膝を立て、グラントは自らの先端を淫口にあてがう。

くちりと音を立てて彼の先端が襞を割り中に押し入ると、ヒスイの身体は期待と恐怖で強ばってしまう。

「むり……裂けちゃう……」

あまりの圧迫感に、ヒスイはシーツをぎゅっと握り、息を止める。

「力を抜け」

「あぁ……むりぃ…」

「痛むのか？」

気遣うように、グラントがヒスイを見つめ、問いかける。

むしろ、痛みがないからこそヒスイは怖かった。あんなにも大きなものが自分の中を引き裂いて入ろうとしているのに、再びあの強い淫悦が戻りつつあったのだ。

「違う……の……気持ちよくて……ああッ……」

「そうか。ならば遠慮はしない」

僅かな疼痛《とうつう》を感じたのと同時に、グラントの屹立が更に奥へと押し込まれる。

内臓を押し上げられるような圧迫感に身体がしなり、ヒスイは息を詰まらせ涙をこぼした。

「ああ……ア……あ……」

更にぐっと押し込まれると、ヒスイの内側が熱杭を探るように蠢《うごめ》く。

「全部入ったな」

「あっ……」

「痛まないようなら、動くぞ……」

両腕を取られ、つかまっていろと言うように、グラントの首へと回される。

「あんっ……」

顔が近づいたと思った直後、荒々しいキスが再開され、ヒスイは更に深い快楽へと突き落とされた。

彼の首に腕を回し、振り落とされないよう必死にすがりつきながら、ヒスイは長い口づけに夢中になっていく。

「ああっ……ン！」

ひとしきり口内を犯した後、グラントは唇を離した。その直後、彼の屹立がひときわ深くヒスイを抉《えぐ》る。

「おく……あたる……やぁあ……！」

ぐっと力強く奥を抉った後、グラントは一度己を引き抜いた。

途端に、ヒスイは切なさを覚えたが、行為はそこで終わらない。

物足りなさを覚えるヒスイに気づいていたのか、グラントは細腰をつかみ熱杭を深々と入れると激しく揺さぶった。

「だめ……やぁ……ああん！」

荒々しい腰使いで陰茎を抜き差しされると、あまりの悦楽に意識が飛びそうになる。

もはや身体を支えることができず、グラントの首に回した腕も離れそうになるが、彼はヒスイの身体を簡単に抱きとめ、更に激しく腰を打ちつける。

「ああ……んっ、熱い……またッ……いっちゃ……」

熱を帯びた肉塊の先端で、内奥にある性感帯を暴かれ、執拗に抉られるともはや意識は保てない。

「いく……アアッん！」

ヒスイはガクガクと身体を揺らしながら二度目の絶頂に達し、意識を飛ばした。

同時にグラントも達したのか、ヒスイの耳元に熱い吐息がこぼれる。

熱い白濁がヒスイの中に注がれ、愉悦に溺《おぼ》れた彼女の意識ではそれを捉えることはできなかった。

「ヒスイ……」

そして、どこか愛おしそうに彼女の名前を呼ぶ声も、ヒスイの耳には届かなかった。

第二章

目が覚めると、ヒスイは一人、ベッドの上に取り残されていた。

カーテンの隙間から見える日の光を見る限り、どうやらもう昼頃らしい。

自分は一体どれほど寝ていたのかと思うのと同時に、隣に夫の痕跡《こんせき》がまるでないことにヒスイは胸を痛める。

(もしかして、私が眠ったあとすぐ出て行ってしまったのかしら……)

媚薬のせいで記憶が曖昧《あいまい》だが、行為の後にグラントが部屋を出て行った気配がしたのはなんとなく覚えている。

身を清めに行ったのかと思ったが、そのまま帰ってこなかったのだと思うと、ヒスイは思わずうなだれた。

(何か、怒らせるようなことをしてしまったかしら……。それとも、私があまりに淫乱すぎたとか……)

どちらもあり得ると思ってしまったのは、自分でも恥ずかしくなるほど乱れた記憶があるからだ。それに彼は行為の最中は必要最低限のことしか喋らなかった。あれはきっとヒスイに呆れていたからに違いない。

「失礼します、今よろしいですか？」

昨晩の痴態を思い出して今更のように赤面していると、シャルの声とノックの音が響く。

「ど、どうぞ！」

側にあったガウンを羽織りながら返事をすると、シャルが部屋の中へと入ってくる。

「珍しくなかなか起きてこられないので、様子を見に来ました」

「……ごめんなさい、寝坊したみたいで」

そう言いつつベッドを抜け出そうとすると、シャルがそれを止める。

「昨日の今日ですし、もう少し休まれてもいいんですよ」

「大丈夫よ、元気だし」

元々体力はある方だし、少し腰が痛いくらいで身体の不調はない。

初夜の後は立つことができなくなると聞いていたので、元気な自分には正直呆れるくらいだ。

「昨日は痛くもなかったし、私やっぱり淫乱な体質なのかしら」

「そ、そんな言葉をどこで…!?」

「本で覚えたの。閨事について、せめて知識だけでもつけた方がいいと思って、その手の本はいくつか読んだから」

うっかりこぼした独り言に、カーテンを開けようとしていたシャルが戦《おのの》く。

一方ヒスイは、どうせ聞かれてしまったのならばと、シャルの方へとそっと近づいた。

「ねえ、ちょっと相談があるんだけど」

「先ほどの発言に関するものなら、相談されても困ります」

「私だって困らせたくないけど、他に相談できる人がいないもの」

「自分は恋もまだなので、ろくに回答もできないと思いますが」

「お願いっ、話を聞いてくれるだけでいいから」

そう言って親友をじっと見つめると、彼女は大きなため息をついた。

呆れたような顔に見えるが、それが承諾の合図であることは、長い付き合いでわかっている。

だからヒスイは場所を私室へと移し、深刻な顔を親友に向けた。

「朝目が覚めたらグラント様はもういなくて、だから満足していただけたのかもわからなくて」

「初夜を終えたばかりの新妻に声すらかけないなんて、やはりひどい方だ……」

「シャルこそそんなことを軽々しく言っては駄目よ。不敬罪に問われてしまうわ」

「ですが、姫様に対してあまりにも無礼ではありませんか！　することだけすませてさっさと出て行くなんて、男として最低です！」

確かに、一人で目が覚めたときはがっかりしたけれど、不思議とヒスイはグラントに怒りを抱いていなかった。

だからシャルが怒る姿を見て、自分はひどいことをされたのだと知る。知ったところで、やはりグラントに対する怒りはわいてこないが。

「でも、きっと何か理由があったのよ。私の容姿があまり好みでなくて、長く見ていたくなかったとか……」

「そんなわけがありません！　ヒスイ様は女の私でも見惚れるほどお美しいのに！」

「そう言ってくれるのはシャルくらいよ。男性に褒められたことなんて一度もないし」

「それはヒスイ様が陛下以外の男性とろくに話したことがないからです。国民たちは皆、ヒスイ様は美しい方だと口々に言っていますし私も同意見です」

そんなヒスイを嫌うわけがないと、シャルは断言する。

それを聞いていたヒスイは、ふと思う。

(確かに容姿だけなら好み……ではあるのかも)

ヒスイは周りから、母ミナトに似ていると言われる。ならば母を好きだったグラントが、自分の容姿に嫌悪感を抱くことはないかもしれないと気づいたのだ。

実際、昨晩のグラントはヒスイに触れることを躊躇《ためら》っていなかった。飲んだ薬のせいで記憶はおぼろげだが、グラントが欲情してくれていたのは確かだ。

(母に重ねられるのは少し複雑だけれど、それでも見た目が嫌いじゃないのは良いことよね)

複雑な感情を押し殺し、ヒスイは前向きに考える。

「まだ二日目だし、きっとまた来てくださるわよね」

「こんな目に遭って、嫌になったりはしないのですか？」

「言ったでしょう、グラント様は私にとって恩人だって」

「優しくしてもらったという話は何度も聞いていますが、私はこの目で見ていないので……」

シャルが護衛になった頃、既にグラントはヒスイのもとを訪れなくなっていた。

だから当時のことを知るのはヒスイと老いた侍女くらいだが、その侍女もヒスイの結婚を機に仕事を辞めて実家へと帰ってしまったため、ヒスイの言葉を信じてくれる者は誰もいない。

新しくヒスイについてくれた侍女たちは城仕えの者たちだったので、多少は同意してくれるかと思ったが、『陛下は優しい方よね？』と尋ねても、曖昧な笑みをこぼすばかりだ。

「百歩譲ってヒスイ様の話が本当だとしても、今の陛下が当時の優しさをまだ持っているとは思えません。だからどうか、あまり油断されないように」

念を押され、ヒスイは返事に困る。

そのとき、扉が強く叩かれ、低い男の声が入室の許可を求めてきた。

「どうぞ」

これで話を逸《そ》らせるとほっとして、ヒスイは座っていたソファから立ち上がり、入り口の方へと身体を向ける。

すると扉の向こうから現れたのは、グラントとそう年の変わらない一人の男だった。

「っ……父上！」

側に控えていたシャルが裏返った声を上げる。

「父上って、シャルの……？」

思わず尋ねてしまったのは、現れた男がシャルの父と言うにはあまりに若かったからだ。

その上、男の容姿はシャルとは似ても似つかなかった。むしろ彼は、ヒスイの祖国ヒノカの民に酷似している。

肩まで伸びた髪と、顎《あご》に蓄《たくわ》えた短いひげは漆黒で、粗野な風貌《ふうぼう》はオオカミを思わせる鋭さがある。だが浮かべた表情が明るく、向けてくる眼差しも柔らかいおかげで、グラントのように他人を畏怖《いふ》させることはない。

一方シャルの髪は金色だし、彼女は軍人にしては線がかなり細い。

もちろん訓練をしているので剣の腕も立つし、必要な筋肉はついているが、大柄な彼と比べるとかなりの体格差がある。

そんな彼とシャルが親子だとは思えず戸惑っていると、彼は人好きのする笑顔を浮かべ恭《うやうや》しく一礼した。

「ミカゲと呼んでくれ。今日から姫さんの護衛役を仰せつかった」

だが軍人らしかったのはそこまでで、彼はヒスイの手を取ると、握手というには元気がよすぎる勢いで腕をぶんぶんと振る。

「父上、色々と無作法がすぎます！」

シャルの指摘に、ミカゲはしまったという顔をしてヒスイの手を放す。

「悪い、見ての通りの異国人故、この国の行儀作法に疎くてな。だから姫さんも気さくに話しかけてくれ。敬語とかもいらねぇから」

「作法に疎いんじゃなくて、そもそも作法を覚える気がないだけでしょう……。すみません、ヒスイ様、父は剣しか取り柄のない男でして」

見た目こそ違う二人だが、やりとりからは親しさが感じ取れ、彼らが親子であることを納得できた。

「いいえ、堅苦しいのは好きではないから逆に嬉しいわ。それに、シャルのお父様に会えるなんて思っていなかったから」

「俺は会いたいって言ってたんだが、シャルがなかなか許してくれなくてな」

「あなたのような小汚い人を、ヒスイ様に近づけたくなかったのです」

「小汚いはひどいだろう！」

「でもひげも剃らないし、髪もボサボサな上に服まで着崩しているなんて、軍人失格です」

確かに風貌は粗野だが、これくらい砕けた雰囲気の方がヒスイはほっとする。

正直、城に住まいを移して以来、硬い表情の兵士や侍女が常に周りにいたので、少し気詰まりだったのだ。

後宮にいたときは今よりずっと使用人の数も少なかったし、シャルを筆頭に皆ヒスイを愛し、親身になって彼女に仕えてくれた者たちだったから、余計にそう感じてしまうのかもしれない。

「私は気にしないから大丈夫よ。それより、二人のことをもっと聞いてもいいかしら？」

ヒスイの言葉で冷静になったのか、シャルは咳払いを一つこぼしてから、彼の説明を始める。

「見ておわかりかと思いますが、ミカゲと私に血の繋がりはありません。幼い頃彼に拾われ育てられたのです」

「どこから迷い込んだのか、コイツは戦場のど真ん中で泣いていてな。これはまずいと思って助けたところ、懐かれたのでつい拾っちまって」

「な、泣いてなどいなし懐いた覚えもありません！　そもそも私は、武勲《ぶくん》を打ち立てようと自ら戦場に出たのです！」

ムキになるシャルは少し子供っぽくて、ヒスイは可愛らしいなと笑みを浮かべる。

もう二年ほどの付き合いだが、彼女はどこか大人びていて、普段はヒスイよりずっとしっかりしている。

むしろ年相応の振る舞いをしない彼女を心配していた程だから、ミカゲにからかわれる姿を見ると、少しほっとする。

「泣いて怯《おび》えてたのは事実じゃねぇか」

「あれは、初めての戦場で気分が高揚していただけです！」

「高揚すると、お前はずいぶん鼻水が出るんだな」

「あ、あの日は寒かったから……!!」

「わかったわかった、そういうことにしておこう」

むくれるシャルをいなす様子は慣れたもので、確かに二人の間には打ち解けた雰囲気がある。

その仲の良さを、ヒスイは少し羨ましく思った。

（私もいつか家族と……グラント様と、二人のような気の置けない会話ができるかしら）

願いつつも、グラントがミカゲのように笑いかけてくれるところを想像するのは難しい。昔から笑顔が多い方ではなかったが、再会してからは輪をかけて不機嫌そうだし、会話も避けているように思えた。

それを思うと親しくなるまでの道のりは険しい気がして、ヒスイは少し落ち込む。

「ヒスイ様？」

僅かに沈んだ顔を見られたのか、シャルが心配そうにヒスイを覗《のぞ》き込む。けれどどうやら、ヒスイの憂いの原因がグラントであることにシャルは気づいていないらしい。

「やはり、こんな男が護衛では不安ですか？」

「おい、父親をこんな男扱いするな」

すかさずツッコむミカゲの声がおかしくて、ヒスイは自然と笑顔を取り戻す。

「そんなことないわ。むしろ来てくれて、ありがたいくらいよ」

「もしかして、ヒスイ様は私では力不足だと思っていたんですか？」

拗《す》ねたような声には僅かな苛立ちも混じっていて、ヒスイは宥《なだ》めるように、シャルの腕をぎゅっと握りしめる。

「そんなふうに思うわけないわ。私にはシャルが必要だもの」

そう言って微笑むと、ミカゲもまた「誤解するな」とシャルの肩を叩いた。

「別に、俺が来たのは、お前に問題があるからじゃない」

「ですが、陛下の命令なのでしょう？」

「あいつはただ心配性なのさ。敵を作りやすいし、姫さんが狙《ねら》われたらと不安に思っているんだろう」

「その割には、ヒスイ様を気遣っている様子が見えませんが……」

「ただ素直じゃないだけだ。あいつとは親友だし長い付き合いだが、とにかく不器用な奴でね」

「親友って、ミカゲさんはグラント様と親しいの？」

思わず身を乗り出して尋ねると、ミカゲが笑顔で頷く。

「あいつとは、軍にいた頃からの付き合いだ。戦いでは頭も切れるし隙がない奴だが、戦場を一歩離れると、妙なところで間が抜けてるんだよな」

言ってから、ミカゲはヒスイの私室をぐるりと見回す。

「ちなみにだが、このクマは姫さんが持ち込んだもの……じゃねぇよな」

「ええ。私のものはあそこにある織機くらいよ」

「そのほかは、グラント陛下が用意してくださったようです」

そもそもヒスイが持ち込んだものはほとんどないと、ヒスイとシャルが交互に告げる。

姫でありながら贅沢《ぜいたく》とはほど遠い生活を送っていたヒスイは、ドレスや宝飾品は数えるほどしか持っていない。

唯一高価な物は、ヒスイが趣味と内職に使っている、母の形見の織機くらいなのだ。

「確かにあんまりものがねぇな。クマが主張してるけど、これを取り払ったら逆に殺風景に感じるか」

「確かに、この部屋はすごく広いから……」

「なら、クマを片づけて何か装飾品でも持ってこさせよう」

「えっ、片づけていいの？」

ヒスイだけでなく、シャルや控えていた侍女たちまでもが驚いていると、ミカゲは大きなクマを軽々持ち上げた。

「いや、だってこれ、すごい落ち着かねぇだろ」

俺ならこんな部屋で過ごすのは嫌だと、ミカゲは言い切る。

「いくら父上といえど、グラント陛下に許可もなくそんなことをしたら咎《とが》められるんじゃ」

シャルが不安そうな顔をすると、ミカゲはクマを担いだまま苦笑する。

「色々噂になってるようだが、こんなことで機嫌を悪くするような心の狭い男じゃねぇよ。ただまあ、あの顔だし意見しにくい気持ちはわかるから、何かあれば俺に言ってくれ」

要望などがあれば、自分を通してくれと笑うミカゲに、シャルは少しほっとしたようだ。

「今初めて、父上がすごく頼もしく見えました」

「初めてってひどいなぁ、俺はこう見えても有能な軍人だぞ」

ミカゲはそう言うが、クマを担いで豪快に笑う彼は規律正しいローナンの軍人らしくない。

けれど彼の明るさはヒスイをほっとさせ、グラントとのことで感じていた不安も和らいだ。

「あとそうだ、城の中もまだろくに見てないだろう？　俺が案内してやるから、少し歩こう」

「えっ、でもグラント様が許可してくださるでしょうか……」

結婚の際、グラントはヒスイにいくつかの約束事をさせた。

自分の命令には必ず従うこと。闇を拒まないこと。そして、許可なく部屋を出ないこと。

この三つは絶対だと言われていたのだ。

「大丈夫だ。グラントからも、俺がいるなら姫さんを出してもいいって言われているし」

「本当に？」

「こんなことで嘘はつかない。ただまあ、昨日の今日だし身体がきついなら無理はしない方がいいが」

ミカゲの言葉にヒスイは大丈夫だと頷こうとしたが、それよりも早く「父上！」とシャルが怒り出す。

「そういうことを、堂々と言わないでください！」

「いや、護衛なんだし姫さんの体調を把握しておくことも大事だろう」

「父上が言うと、なんだかイヤらしいので駄目です！」

最後の一言にはかなり傷ついたのか、ミカゲはその場で僅かによろめく。その表情は本気で落ち込んでいるように見えて、ヒスイは慌てて笑顔を作った。

「わ、私は気にしないから大丈夫よ。それにほら、自分でも驚くくらい元気だから」

「本当ですね？」

「元々体力がある方だからか、特につらくはないの」

「確かにまあ、ヒスイ様は姫にしては逞しい面がおありですが」

体つきは女性らしいが、ヒスイは決してひ弱な姫ではない。その理由は、彼女たちが生活していた環境のせいだ。

ヒスイとシャルが暮らしていたのは、いつもどこかしらが壊れているような古い部屋だった。雨漏りは日常茶飯事だし、窓や扉は油断するとすぐに取れ、時には壁に穴が開くことさえあった。

誰かが修理に来てくれることもなく、侍女たちも皆老いた者たちばかりだったので、ヒスイとシャルの二人で修理をするほかなかったのである。

主な重労働はシャルが買って出てくれたが、彼女一人では手が足りない。そのためヒスイも手伝っているうちに、体力がついてしまったのだ。

「毎日何かしら大工仕事をしていたから、足腰には自信があるの」

「怪我の功名というかなんというか……」

「だから身体は平気だし、外に出たいのだけど駄目かしら？」

お願い、とシャルの手をぎゅっと握ると、彼女は仕方なさそうにミカゲに視線を向ける。

「決まりだな」

シャルの視線を受けて、ミカゲが楽しげに笑った。

「行きたい場所があれば優先するが、どこかあるか？」

「お城には美しい庭園があると聞いたんだけど、見ることはできるかしら？」

「じゃあ早速案内するよ」

「では、後ろは私が」

二人の騎士と数人の侍女に付き添われ、ヒスイは早速部屋を出ることになった。

(当たり前だけど、後宮よりもずっと広いし人もたくさんいるのね)

一歩部屋から出ると、そこはヒスイにとって未知の世界だった。

特に彼女が住んでいた後宮の離れはひどく寂《さび》れていたから、使用人たちがせわしなく行き来するのを見ると、余計にそう思うのかもしれない。

すれ違う人たちが皆、ヒスイに好意的な笑顔を浮かべてくれるのも新鮮だった。

「ここで働いている人は、みんないい人そうね。嫌われていたらどうしようと思っていたけれど、とても優しそうだわ」

「姫さんを嫌う奴なんていないさ。グラントが結婚相手にと望んだときも、皆嬉しそうに部屋の準備をしていたぞ」

「本当に？」

「ああ。ようやくまともな姫君が来てくれると、みんな喜んでた」

ミカゲ曰く、ヒスイとミナトを除く妃や姫たちはこの宮殿にも滞在用の部屋を持っていたらしい。

だがほとんどは、使用人に無理難題を言いつける我が儘な者たちばかりだったので、皆辟易していたというのだ。

「さっきも、すれ違った執事が『ヒスイ様は無茶を言わないし、いつも笑顔で接してくださるんです！』って興奮しながら喋ってたぞ」

ヒスイとしては当たり前の振る舞いをしただけだが、他の王妃たちは相当傍若無人だったのだろう。それに振り回された者たちに同情を覚えつつ、自分は彼らを大事にしたいと思う。

（でも、立ち入ってはならないと言われていた王宮で歓迎されるなんて、なんだか不思議な気分だわ）

そんなことを思いながら、ぼんやりと周囲の景色を眺めていると、シャルが少し心配そうな声で問いかけてきた。

「いつになく静かですけど、どうかされましたか？」

「なんだか、不思議だなって思ったの。昔よくシャルに『お城はどんなところ？』って聞いて困らせたでしょう？　あのときはまさか、自分の足でお城の中を歩けるなんて思っていなかったから」

幼い頃、父と対面させられた一度を除いて、ヒスイは城を訪れたことがない。

城では毎日のように宴が開かれ、王妃たちとその娘たちはその宴に着飾って参加することを生きがいにしていたが、ヒスイだけは呼ばれたことがなかったのだ。

義父のフィリップはヒスイの母ミナトに執着するあまり、彼女の処女を奪った平民の父に嫉妬し、その娘であるヒスイのことも憎んでいた。

汚らわしい蛮族の男が自分の女に孕《はら》ませた子だとまで言い、顔を見せるなと強く言われたのだ。

だからフィリップの住まいである城に足を踏み入れる機会はなく、自分は未来永劫後宮の片隅で暮らすのだと思っていた。

（なのに今は、逆に後宮がとても遠い……）

たくさんの噴水や木々を抱き、どこまでも広がる庭園の向こう、少し小高くなった丘に立つ後宮は、とても小さく見える。

寂しくはないけれど、環境の変化に戸惑い、不安を覚えていると、元気づけるようにシャルがヒスイに微笑んだ。

「ヒスイ様。今日はヒスイ様が行きたい場所に行きましょう。庭園だけでなく、この城には美しい場所がたくさんありますので！」

そしてミカゲも、任せろという具合に胸を張っている。

二人の心遣いに感謝しながら、ヒスイは二人に宮殿のことをあれこれ質問しながら、共に長い回廊を抜け、中央宮殿へ足を踏み入れる。

（この辺りまで来ると、また建物の様式がガラッと変わるのね）

今の王宮は、過去の王たちが建てた三つの宮殿を元に、増築と改装を繰り返してできたものだと教わっていたが、実際に見る城は思っていた以上に入り組んでいて複雑だ。

特にヒスイたち王族が暮らす東宮殿と、議会などを有するここ中央宮殿は完成した時代に大きな差があるため、内装ががらりと変わる。

だが変わったのは内装や様式だけではない。先ほどまでは城に仕える騎士や侍女などの使用人しかいなかったが、中央宮殿に入ると貴族とおぼしき者を見かけることが増えた。

貴族たちは皆うつむき、暗い顔で歩いており、中には今にも倒れそうな顔色の者もいて、ヒスイは僅かに息を呑む。

「これは、ちょっと間の悪いときに来たかもしれねぇな」

前を歩くミカゲが不意に立ち止まり、小さくうめく。

直後、廊下の奥から男の悲鳴が響いた。

ビクリと身体を震わせたヒスイを守るように立ち、シャルとミカゲが剣に手をかけた直後、廊下の奥の扉が乱暴に開く。

「陛下なりません、その格好のまま出られては……」

「次の会議まで時間がない、それにこれくらいどうと言うことはないだろう」

若い男と、あと一人はグラントの声だとわかり、ヒスイはシャルの後ろから声の方を覗く。

「陛下!!」

ヒスイが咄嗟に悲鳴にも似た声を上げてしまったのは、こちらへ歩いてくるグラントが血まみれだったからだ。

ヒスイの声に気づいたのか、グラントはその場で立ち止まる。その顔には忌々しそうな表情が浮かんでいた。

(もしかして、お怪我をされたの!?)

グラントのことが心配になり、ヒスイはその場から駆け出した。

だがヒスイが自分に近づいてくるとわかると、グラントの表情が更に鋭いものになる。

「近づくな！」

冷たく鋭い一喝《いっかつ》に、ヒスイの足が思わず止まる。

「部屋にいろと、そう言ったはずだが？」

そのままきつく睨まれ言葉を失っていると、後ろにいたミカゲがゆっくりとした足取りでヒスイに近づき、その肩にぽんと手を置いた。

「俺が外に出ようと提案した。あんな悪趣味な部屋に閉じ込めておいたら、息が詰まるだろう？」

グラントの恐ろしい眼光にもひるまず、ミカゲが穏やかな声で告げる。

対するグラントはミカゲに文句の一つでも言いたそうだったが、それよりも早く、ミカゲがヒスイを追い越しグラントへと近づいた。

「まさかと思うが、怪我なんてしてねぇよな」

「そんなへまはしない。……今は急いでいるのだ、もう行くぞ」

「その格好でか？」

「その方が、色々と効果があるだろう？」

血に濡れた顔に僅かな笑みを浮かべたグラントの表情は恐ろしく、彼に付き従っていた侍従がひぃっと悲鳴を上げた。

一方で、ヒスイは彼が笑ったことにほっとした。ミカゲとの会話から察するに彼に怪我がないのだとわかり安心したのだ。

（でも、安心していては駄目かしら……）

血に濡れているということは、きっと誰かが怪我をしたということだ。いや、怪我では済まなかったのかもしれない。

形ばかりの妃だけれど、ヒスイだってこの国の情勢は把握している。グラントを快く思わない者が多いこと、そして彼を排する動きがあるということも聞いていた。

だが今のところ、グラントがそれに屈することはない。むしろ自分を手にかけようとする賊を殺すことを楽しみ、毎日血まみれで笑っているなんていう噂が立っているくらいだ。

(楽しんでいるかはともかく、城にいる間でさえ命を狙われているのだとしたら……)

胸がぎゅっと締め付けられて、ヒスイは青い顔でうつむいた。

もしグラントに何かあったらと思うと、恐ろしくてたまらなかった。

「……ミカゲ、彼女を部屋に戻せ」

不意に、グラントの冷たい声がヒスイに向けられる。

はっとして顔を上げると、少し離れた場所でグラントがヒスイをじっと見下ろしていた。

「具合も悪そうだ、早く行け」

「わ、私は大丈夫です……」

そう言ったけれど、浮かべようとした笑顔はぎこちない。

「とにかく帰れ」

怒ったような声で言われ、ヒスイはすごすごと引き下がった。

その隙に、グラントはヒスイに背を向けると足早にその場を去っていく。

「……とりあえず帰りましょう。あんなものを見た後じゃ、気分も悪くなって当然です」

そんな言葉と共にシャルに手を引かれ、ヒスイはゆっくりとその場から歩き出す。

「私は大丈夫よ。ただ、陛下が心配で……」

「あいつは抜きん出た剣の使い手だ。そう簡単にやられたりはしないよ」

ミカゲがそう言って笑うので、ヒスイは胸をなで下ろす。

「でも、あいつのあんな姿を見て、何よりもまずあいつの心配をするとは変わってるな」

「だって、血に濡れているってことはお怪我をなさったのかと」

「恐ろしいとは思わなかったのか？」

尋ねられ、ヒスイは少し考え込む。

「冷静に考えると、今は少し怖いわ。血も、あまり見慣れていないし」

言葉にして、そこでようやくヒスイは誰かがグラントの命を狙い、返り討ちにあって死んだのだろうということを実感する。

「あ……」

そして本当に今更のように、ヒスイの身体は震えだし、膝から力が抜けてしまう。

「ヒ、ヒスイ様!?」

慌てて支えてくれたシャルの腕にすがりつきながら、ヒスイは力なく笑う。

「私ったら情けないわ、今更腰が抜けてしまったみたい」

「情けないなんてことはありません」

「ああ。むしろグラントを見た時点で、失神してもおかしくないくらいだ」

シャルとミカゲの二人はそう言ってくれるが、ヒスイは自分が情けない。

「こんなことで腰を抜かすなんて、王妃失格よね」

「いや、むしろ十分すぎるくらいだよ」

そう言ってミカゲが立ち上がるのに手を貸してくれるが、情けない気持ちも身体の震えも消えることはない。

（私の情けないところを、陛下は見抜いていらっしゃる気がする……。だから私に対して、冷たい態度なのかもしれない）

だとしたら、グラントに認められるようしっかりしなければとヒスイは思う。

だがその決意を実行に移すことが思いのほか難しいことを、ヒスイはその夜知ることになるのだった。

＊＊＊

広いベッドの上で、ヒスイは今日もグラントを待っていた。

抱え込んだ膝に顎をのせ、彼女は大きなあくびを一つこぼす。

時刻はそろそろ夜半をすぎた頃だが、グラントが部屋を訪れる気配はない。

（やっぱり、今夜はいらっしゃらないのかしら……）

昼間失望させてしまったからか、そもそも毎晩ヒスイと交わるほど興味を抱かれていないのか、心当たりが多すぎてグラントが来ない理由ははっきりとはわからない。

だがどんな理由にせよ、この時間まで寝室に戻ってこないということは、きっとヒスイの顔を見るのが嫌なのだろう。

(好かれなくても構わないとは思っていたけど、嫌われるのはさすがにきついわ……)

抱えた膝に顔を埋め、ヒスイは小さく唇を噛む。

昼間はシャルやミカゲがいるから気丈に振る舞えるが、やはり一人になると心は不安で揺らいでしまう。

(しっかりしないとって思ったばかりなのに、私って本当に駄目だわ)

でも誰もいない今は、少しくらい情けなくてもいいかもしれない。

そんなことを思いつつ、ヒスイはこぼれかけた涙を堪《こら》えるようにそっと目を閉じた。

そのままぎゅっと目を瞑っていると、昼間の疲れが出たのかヒスイの意識はぼんやりと微睡《まどろ》んでいく。

そのままゆっくりと眠りに落ちていくかと思われたとき、誰かがヒスイの身体にそっと毛布を掛けた。

「……陛……下?」

相手はグラントである気がして、夢うつつのまま呼びかける。

しかし答えはなく、ヒスイの意識は寂しさを抱えたまま、深い闇へと呑まれていった。

その中で、彼女は久々に幼い頃の夢を見た。

『もう、お前の側にはいられない』

夢の中で、幼いヒスイはグラントに抱きしめられていた。

その腕は悲しくなるほど優しくて、ヒスイはずっとその中にいたいと願うのに、グラントはすぐ彼女を手放してしまう。

温もりが遠ざかっていくのに、ヒスイは幼子の姿のままその場から動けない。

泣いて、すがって、行かないでと言いたいのに、彼女はただただ立ち尽くすことしかできないのだ。

それでもいつか気が変わってくれるかもしれないと思い、ヒスイはずっとグラントを待ち続けた。

（でも彼は、私の前には二度と現れない……）

王として必要になるまでずっと、彼は顔を見せにさえ来なかった。

けれどヒスイは待つのをやめられない。そしてそれはきっと、この先も永遠に続くのだろうと思ったところで、ヒスイははっと目を覚ました。

（嫌な夢……）

起きてもなお喪失感が続く後味の悪さに、ヒスイはため息をこぼす。

夢見が悪かったからか、膝を抱えた体勢がいけなかったのか、眠りについてから時間はさほど経過していないようだ。

まだ朝は遠いとわかると余計に気持ちは滅入るが、身体にも心にも疲労を感じ、ヒスイは横になろうと体勢を変える。

（あら……）

そんなとき、ヒスイは枕元に何かが置かれていることに気がついた。

（これ、さっきはなかったわよね……）

だとしたらグラントが来て、何か忘れていったのだろう。この時間に寝室に入れるのは基本的にヒスイと彼だけだし、やはり夢うつつに感じた気配はグラントのものだったに違いない。

（夢じゃなかったのだとしたら、ちゃんと起きていればよかった……）

思わず落胆し、それからヒスイは置かれているものの正体を確認しようと、側の燭台に火を入れ、固まった。

「きゃあああああああああああああああああ」

次の瞬間、ヒスイの口から、自分でも驚くほど大きな悲鳴が上がる。

それに合わせて部屋に飛び込んできたのはシャルとミカゲで、ヒスイは慌ててベッドを下りると二人に駆け寄った。

「何があったんですか？　大丈夫ですか？」

尋ねたシャルに抱きついたところで、ヒスイはようやくはっと我に返る。

「ヒスイ様？」

心配そうに声をかけられ、ヒスイはそこで顔を赤らめた。

「ご、ごめんなさい。ちょっと驚いたことがあって……」

「誰かいたのか？」

ミカゲにまで真剣な顔で尋ねられ、ヒスイは慌てて首を振る。

「いたというか、あった……というか」

なんと答えるべきかと悩むヒスイに怪訝な顔をしながら、ミカゲは彼女が飛び下りたベッドの方へと歩いて行く。

「おおおおっ!!」

その直後、彼もまたヒスイ同様、戦き仰け反った。

そんな彼から少し遅れてベッドに近づいたシャルは唯一冷静で、二人を驚かせたものをゆっくりと持ち上げる。

「ヒスイ様はともかく、父上は驚きすぎです」

「だってお前、こんな暗いところでそんなの見たら怖いだろ!!」

「でも、ただの人形じゃないですか」

シャルがそう言って掲げたのは、確かにただの人形だ。

小さな女の子向けのビスクドールで、ローナンでもよく見かける類いのものだ。

「でもこれ、目が一つしかないし、髪も服もボサボサだし何か怖えーよ」

シャルが持つ人形を覗き込み、ミカゲは身震いする。その横でヒスイも改めて人形を観察するが、冷静に見てもやはり不気味だ。

「まあ不気味なのは否定しませんが、こんなものを一体誰が？」

シャルの言葉に、ミカゲとヒスイは思わず顔を見合わせる。

お互い言葉はなかったが、考えていることはきっと一緒だ。

「まさか、グラント陛下ですか？」

そしてシャルもすぐその答えに行き着いたのか、彼女の顔に苛立ちが浮かぶ。

「クマといいこれといい、何故嫌がらせばかり！」

「いや、たぶんあいつは嫌がらせとかで置いたわけじゃないと思うぞ」

「でも嫌がらせじゃないなら、何故こんなものを置くんですか！」

「それは、正直俺にもわからんが……」

お手上げだと言わんばかりにミカゲが肩をすくめると、そのときグラントの私室側の扉が勢いよく開く。

「悲鳴がしたと聞いたが何があった」

彼の登場にシャルが今にも憤慨《ふんがい》しそうだったので、ヒスイは慌てて彼女の手から人形を取り上げる。

「あ、あの……。これに驚いてしまって」

そう言って人形を持ち上げると、何故かそこでグラントは小さく笑った。

普段は滅多に見せない笑顔に驚くと同時に、この状況を楽しんでいるようにも思える表情に、ヒスイは衝撃を受ける。

「今、笑いました？」

思わず尋ねると、なぜだかそこでグラントは驚いたような顔をする。

「この私がか？」

「はい、笑っていました」

「確かに、少し愉快な気持ちになっていたが」

「……愉快ということは、やっぱり嫌がらせだったのですね」

自分でも驚くほど覇気のない声がこぼれ、ヒスイは持っていた人形をグラントに無理やり押しつけた。

「待て、嫌がらせとは何のことだ？」

「だってこんな怖いものをわざわざ枕元に置くなんて……」

嫌がらせ以外にどんな目的があるのかまったくわからないと言いたかったけれど、言葉を重ねるうちに切なさと悲しさが募り、ヒスイの声は喉の奥でつっかえてしまった。

(グラント様はそんなことするような人じゃないって思っていたけど、やっぱり変わってしまったのかも)

こちらをじっと見つめるグラントの顔は、いくら見つめても何を考えているかわからない。

「このベッドから出て行って欲しいなら、はっきりとそうおっしゃってください。必要がない限り、今後は自室で寝ますから」

「待て、お前は何か誤解を……」

「誤解などしておりません。クマのときは気づきませんでしたが、二度も恐ろしいものを置かれれば、さすがにわかります」

ヒスイの言葉に、今度はグラントの方がどこか傷ついたような顔をする。

だが彼は押しつけられた人形を見つめるばかりで何も言わず、その硬く強ばった顔から考えは読み取れない。

「失礼します」

何も言わないグラントに痺れを切らし、ヒスイは彼に背を向けた。

そのまま早足で部屋に戻ると、ついてきたのはシャルとミカゲだけだった。

結局一言の弁解もなく、追いかけてくる気配もないとわかると、ヒスイの心は自分で思っている以上に沈んでしまう。

（むしろ今頃、私がいなくなってせいせいしているのかも……）

夢の中のグラントは、ヒスイと離れることに名残惜しさを感じているように思えたが、やはりあの頃の彼と今の彼は違うのだ。

（これじゃあ、夢の中の方がまだ良かった……）

長年見続けてきた悪夢さえましに思える現実に胸を痛めながら、ヒスイは彼女を気遣うように近づいてきたシャルに、そっと身を寄せた。

第三章

自らの宣言通り、ヒスイが夫婦の寝室で眠らなくなって五日がすぎた。

その間グラントがヒスイの前に現れることもなく、唯一彼の顔を見るのは早朝、彼が中庭で剣の稽古《けいこ》をしているときだけである。

（今日も、朝早くから熱心なのね……）

空が白み始める頃、グラントは重しのついた木剣を手に一人中庭に出てくる。そして、それをこっそり眺めるのがヒスイの日課になりつつあった。

五日前にされた仕打ちは、今も思い出すだけで悲しくなるが、元々ヒスイは怒りや悲しみといった負の感情を長く引きずれない性質《たち》だ。

かといってこの前のことを笑って許すまでにはなれず、グラントもきっとそれを望んではいないだろうから、ヒスイは毎日彼が稽古に出てくる時間に起きて、こっそりバルコニーに出ていた。彼に気づかれないよう手すりからちょこっとだけ顔を出し、剣を振るう彼をじっと見つめて過ごすのだ。

（そういえば、小さい頃もこうしてグラント様の稽古を覗き見していた気がする）

むしろ彼が剣を扱うところが見たくて、目の前で見せてくれとせがんだことすらあった。彼はヒスイのおねだりに最初は戸惑っていたようだが、結局ヒスイの願いを聞いてくれた。

それが嬉しくて、何より剣を振るうグラントが格好よくてヒスイが大喜びすると、彼はいつも困ったような顔をした。

わかりにくいけれど、それが、彼が照れたときに浮かべる表情だと気づいたときは、なぜだか胸の奥がキュンとして、その困った顔をもっと見たいと幼心に思ったものだ。

懐かしい記憶に思わず頬を緩め、ヒスイは幼い頃のように、ついうっとりとグラントを見つめる。

だが彼女はそこではっと我に返り、だらしなく緩んだ頬を手で押さえた。

（昔のグラント様と今の陛下を重ねたりしては駄目……。それで、痛い目を見たばかりじゃない）

ヒスイを愛してくれた彼はもういないのだと言い聞かせ、ヒスイは幼い頃の記憶の上に、今のグラントが見せる冷たい表情を無理やり重ねる。

だが、木剣が風を切る音と共に、シャツの下から覗くグラントの筋肉がしなる様を見た瞬間、ヒスイの視線は彼に釘付けになってしまう。

（私って、本当に成長しない……）

結局ヒスイはグラントを見つめることをやめられないのだ。

ため息をこぼし、ヒスイはグラントから視線を外すのを諦め、ぼんやりと彼を見つめた。

それから、自分は一体いつになったら彼に嫌われていることを受け入れ、彼への想いを諦められるのだろうかと考えた。

自室で寝ると言って彼と距離を置いているけれど、それをいつまでも続けてはいられない。

今のところグラントは何も言ってこないが、もし子作りのために寝ろと言われたらヒスイは拒めないし、拒むつもりもなかった。

王妃としての責務を果たすことが自分の役割であることはわかっているし、お互いの気持ちがどうであろうとその役割は全うするつもりだ。

けれど彼に嫌われているのは思った以上に辛い。ようやく近づけた喜びもあったせいで、彼が自分を遠ざけたがっているという事実にヒスイは思った以上に打ちのめされていた。

そしてその上でまだ、ヒスイは彼への好意を消せずにいるのだから更に性質が悪い。

(ここそ覗き見までして、グラント様にバレたらきっともっと嫌われてしまうわ)

そんな自覚はありつつも、結局ヒスイはグラントが中庭を去るまでずっと彼から目が逸らせないのだ。

そしてそんなヒスイの複雑な気持ちに、ただ一人気づいている者がいる。

「今日もまた、身体が冷えるまでずっと外にいたのか？」

朝食の席で、シャルに聞こえないようこっそり尋ねてきたのはミカゲだ。

彼もまたグラントが早朝に剣の稽古をしているのを知っており、時折それに付き合っている。

その際ヒスイの視線に気づいたらしく、以来こうして声をかけてくるのだ。

「グラント様には、気づかれていない？」

「大丈夫だろう。姫さんのことになるとあいつは何故か鈍いから」

ミカゲの口調と笑顔は軽すぎてどこまで信じて良いかわからないが、大丈夫だという部分はひとまず信じることにする。

「毎日、今日こそやめようとは思っているのよ。けれど、うまくいかなくて……」

「わかる。俺も昔公衆浴場の女湯覗きにハマったことがあったが、あれはなかなかやめられない」

「あの、それって犯罪じゃ……」

「場所によるな。俺の行くところだと、女性の方が嬉々として男湯を覗いてたくらいだし」

特に町外れにある公衆浴場は出会い目当ての客もいるからすごいと、告げるミカゲの言葉にヒスイはちょっと驚く。城下には、ヒスイの知らない世界があるらしい。

「覗きって、やっぱり癖《くせ》になるものなの？」

「なる。胸の内に悶々《もんもん》としたものを抱えているときは特にな」

ミカゲの言葉に、ヒスイはそっと自分の胸に手を当ててみる。

「だがまあ、俺と違って裸を覗いてるわけじゃないし、見たければ見ればいいんじゃないか？」

「でも私に見られているとわかったら、陛下はきっと気分を害するわ」

自分で言って更に落ち込んでいると、ミカゲは思案するように腕を組んだ。

「……色恋沙汰《ざた》に関して口を出すのはやめようと思ってたんだが、そろそろ解決しないとこじれそうだから一つ助言をしてやろう」

いつになく真面目な声に、ヒスイは頷き、彼の言葉を待つ。

だが建設的なアドバイスが来るのかと期待した矢先、ミカゲがこぼした言葉は予想の遙か斜め上をいっていた。

「どうせ覗くなら、訓練のときじゃなく、部屋にいるときのグラントを覗け。俺、いい場所知ってるから」

さすがに冗談だと思いたかったけれど、ヒスイを見つめるミカゲの目は真剣そのものだった。

＊＊＊

（私、一体何をやってるのかしら……）

そんなことを考えながら、ヒスイは薄暗い寝室に一人ぽつんと立っていた。

彼女の目の前にあるのは、先々代の国王の肖像画だ。

『この肖像画には覗き穴が隠されているんだ。四代前の王妃が、王の不倫を暴くために作ったらしい。だからグラントが部屋に帰ってきたら、ここからそっと覗いてみるといい』

などと言うミカゲの言葉を真に受けて、ヒスイはかれこれ三十分ほど絵画の前にたたずんでいる。

しかしグラントが部屋に帰ってくる気配がなく、薄暗い部屋で息を殺して絵画にへばりついているなんて、まるで不審者のようだ。

（部屋に帰ってこない可能性もあるし、私も馬鹿なことはやめて戻ろうかしら）

仕方なくとぼとぼと部屋に戻ると、時計は深夜一時すぎを示している。

だが眠る気にもなれず、ヒスイは気分転換に趣味の織物でもしようと思い立つ。

クマがいなくなり、代わりに花と風景画が飾られるようになった私室の片隅には、母が祖国から持ってきた小さな手織り機が置かれている。

その手織り機は書き物机の上にのるほど小さなものだが、糸の組み合わせを工夫すれば細やかな模様がつけられ、ストールや小さなバッグなどもすぐに作れる優れものだ。

ヒスイが作る物は評判がよく、後宮にいた頃はそれらを作って収入を得ていたこともある。

元々は慈善活動の一環として、作った小物を教会や養護施設に寄付していたのだが、それが商人の目にとまり、「是非売って欲しい」と打診されたのだ。

最初はお金をもらうことに抵抗があったが、祖国から送られる物資を奪われていたヒスイには潤沢《じゅんたく》な資金がない。だがそれでも王族として、民への務めを果たしたいと思っていた彼女は、小物を売ってできた利益を積み立て、慈善活動への資金に当てることにしたのだ。

意外にも、ヒスイの作る品は高値がつき、以来彼女は暇さえあればこうして手織りをしている。

特技をいかし、僅かばかりではあるが民のためになることが、ヒスイは嬉しかったし、誰かのためにと思いながら手を動かしている間は、嫌なことを忘れられた。

とはいえその織物も、今日ばかりは彼女の心を明るい方へと導いてはくれない。

いつもなら夢中になって動く手が、今日はすぐ止まってしまい、気を抜くとつい側の窓からグラントの私室の方を窺ってしまうのだ。

(あら……)

それを何度か繰り返しているうちに、先ほどまでは暗かった彼の部屋に明かりが灯っていることにヒスイは気がついた。

執務室で仕事をしている彼は夫婦の寝室はおろか、自分の部屋にもあまり帰って来ない。そのため、ここ数日はずっと暗いままだったが、ついに戻ってきたのだ。

それがわかると、ミカゲに言われた覗き穴のことが気になってしまい、ヒスイは思わず織機から手を下ろした。

（ちょっとだけ……ほんのちょっとだけなら構わないわよね……）

そんな言い訳をしながら、夜着の上に自らが織った肩掛けを羽織ると、素早く寝室へと移動する。

肖像画の前に立つと、王の目の辺りから僅かな光が差し込んでいることに気がついた。

（覗き穴はこれね……）

小柄なヒスイが覗くには背伸びが必要だったが、肖像画に頬を寄せると思った以上にはっきりと向こう側を覗くことができた。

むしろよく見えすぎて動揺していると、グラントがソファにゆっくりと腰を下ろす姿が見えた。

疲労がたまっているのか、グラントの横顔は少しやつれているようにも見える。

同時に、ヒスイは彼が手にしているものに気づき驚いた。

（あれって、この前の人形……よね？）

目をこらして確認すると、彼が手にしているのはやはりあのときの人形だった。

何故そんなものを持ってソファに座っているのかと思ったとき、ふと、ヒスイは幼い頃の記憶を思い出した。

『グラント様、どうか私の代わりにレディベルを連れて行って』

そう言って、お気に入りの人形をグラントに押しつけたのは確か十一のときだ。

グラントが戦場に行くと聞き、ヒスイは彼としばらく会えなくなると知ってずいぶん泣いた。戦場が危険なことも知っていたし、何より彼がしばらく帰らないと聞いて、自分のことを忘れてしまうかもしれないと思ったのだ。

だから彼女はお気に入りの人形を渡し、これを見て自分のことを思い出して欲しいと告げたのだ。

『わかった。レディベルと一緒に、必ず帰ってくる』

大の大人、しかも前線へと赴くときにそんな人形を渡されて困っただろうに、グラントはヒスイにそう約束してくれた。

その後、彼が戦場から帰ってすぐ、母が亡くなり人形どころではなくなってしまったけれど、きっと彼はレディベルをちゃんと持ち帰ってきてくれていたのだろう。

ボロボロになってしまっているが、よく見れば彼が手にしているのはヒスイが渡したレディベルに間違いない。

(もしかして、グラント様はあれを返してくれたつもりだったのかしら……)

よくよく思い出すと、小さなヒスイはいつも枕元にレディベルを置いて眠っていた。

それを覚えていて、もし彼があの人形を置いてくれたのだとしたら、きっとあれは嫌がらせではなく彼なりの気遣いだったに違いない。

(なのに私、ひどいことを言ってしまった……)

深い後悔と共にヒスイはうなだれ、肖像画に額を押し当てる。

グラントは嫌がらせなどする人ではないとわかっていたはずなのに、一時《いっとき》の悲しみから彼を信じ切れなかったことが深く悔やまれる。

同時に、今すぐにでも謝罪せねばと思い、ヒスイはもう一度顔を上げた。

そして彼がまだ部屋の中にいるかを確かめるために覗き穴に顔を近づけたところで、違和感を覚える。

先ほどまではっきり見えていた部屋が、なぜだかまったく見えないのだ。

代わりにあるのは暗闇ばかりで、ヒスイは首を傾げながら僅かに身を引いた。

その直後、ガンッと何かがぶつかる音が壁越しに響いた。驚いてもう一度穴を覗くと、見えたのは、ものすごく驚いた顔でこちらを見ているグラントの顔である。

(もしかして、この穴向こうからも見えるの……!?)

気づくと同時に、すぐ横にある扉が開かれる。

予想外の展開に慌てたヒスイは肩に羽織った肩掛けを落とす勢いで壁際まで下がったが、今更身を隠す場所などあるはずもない。

「ヒスイか？」

虫のように壁にはりついたまま、赤面するヒスイをグラントがそっと窺う。

「覗き見をするつもりはなかったんです！」

「覗き見るつもりはなかったのだ！」

重なった声に、ヒスイとグラントは思わず顔を見合わせる。

「この絵の秘密を、知っていたのか？」

「あの、ミカゲに聞いて……」

もうこうなったら隠しても無駄な気がして、ヒスイは素直に打ち明ける。

「ごめんなさい、直接顔を合わせる勇気がどうしても出なかったんです」

「謝罪はいらぬ、別に責めるつもりはない」

「でもはしたない真似をしてしまいました。このところ陛下とお会いしていなかったから、つい顔を見たいと思ってしまって……」

言葉にすると情けなさが募り、ヒスイは大きくうなだれる。

するとどこか慌てたような足取りで、グラントがヒスイへと近づいた。

「顔を見たいと、そう思ってくれたのか？」

「もちろんです。それに、この前のことも謝りたくて……」

「お前が謝ることはない。むしろその、不快な思いをさせてしまって本当にすまない」

低い謝罪の声に顔を上げると、グラントもまたヒスイのようにうなだれている。その姿を見る限り、やはり彼は嫌がらせで人形を置いたわけではないのだろう。

「ミカゲにも後で叱《しか》られた。あれは、自分でも心臓が止まると……」

「確かにその、ちょっとびっくりはしました。でもあれ、レディベルですよね」

「覚えていたのか？」

驚いたように顔を上げるグラントに、ヒスイは大きく頷いた。

「ごめんなさい、すぐに気づかなくて」

「無理もない。お前の大事な人形を、ずいぶん汚してしまった」

それに、目玉も戦場に落としてしまったのだとしゅんとするグラントに、ヒスイは慌てて気にしないで欲しいと微笑んだ。

「レディベルと共に無事にお帰りくださっただけで嬉しいです。約束、守ってくださったのですね」

「もちろんだ。幼いお前との約束は、私にとって何より大事なものだったからな」

言いながら、グラントは昔を懐かしむように笑う。

その表情は、人形を見つけた夜に見たものとよく似ていて、ヒスイは今更のようにあの晩の笑顔の意味を悟った。

きっと彼は、人形を持つヒスイを見て幼い頃の出来事を思い出していたのだ。

だからあの笑みは過去を懐かしんでいたものに違いなく、それを別の意味に捉えてしまった自分が恥ずかしい。

でも恥じらいながら言葉を呑み込んでいては昨日の二の舞になる気がして、ヒスイは顔を上げる。

「あの人形、あとでいただいてもいいですか？」

「だが、あれは不気味なのだろう？」

「もう、怖いとは思いません。それに目は無理かもしれないけれど、髪や服は直してあげられるから」

言いながら、ヒスイは床に落ちていた肩掛けを拾い上げ、それを見せる。

「私、こういうものを作るのが得意なんです」

「こんな見事なものを、一人で作ったのか？」

ヒスイが照れながら頷くと、グラントは僅かに目を見開き、肩掛けを見た。

「だから人形の服も、簡単に作れるんです。この肩掛けも三日で仕上げましたし」

だがそれでも丈夫で暖かいのだと告げながら、ヒスイは興味深そうにしているグラントの手に肩掛けをのせる。

「確かに良い手触りだ。とても暖かい」

こぼれた言葉は世辞ではないようで、グラントは穏やかな顔で肩掛けを手で撫でた。

「あの、もし気に入ってくださったのなら差し上げます。他にもたくさんありますし」

「いいのか？」

「近頃はずいぶん冷えてきましたし、よかったら使ってください」

ヒスイはにっこり笑い、グラントをそっと見上げた。

その直後、グラントの顔が近づき、ヒスイの視界に影が落ちる。

唇に温もりが触れて、ヒスイは無意識のうちに瞼《まぶた》を閉じていた。

それは、小鳥が餌《えさ》を優しくついばむような、ささやかな口づけだった。優しい温もりと感触は胸がキュンとなるほど甘くて、ヒスイはうっとりと吐息をこぼす。

けれど口づけは、長くは続かなかった。

「すまない、急に……」

突然唇が離れたかと思うと、グラントは謝罪の言葉をこぼす。

目を開けると、彼は慌てた様子でヒスイから目を逸らし、彼女が渡した肩掛けをぎゅっと握りしめていた。

眉間に深い皺を寄せ、唇を引き締めている彼はまるで何かに苛立っているように見える。

（でも違う、この顔は怒っているのではないんだわ……）

「陛下、もしかして照れていらっしゃいます？」

「なっ……」

絶句した様子でヒスイを見つめる顔は険しいけれど、怒っているわけではないのだという確信があった。

（そういえば、グラント様って昔から、照れると顔が岩みたいに固まるのよね）

年を取り、顔に刻まれたいくつかの皺のせいで迫力は増していたが、決して苛立っているわけではないのだと今はわかる。

『厳ついし無愛想かもしれないが、お前を嫌いなわけではない』

そして今更のように、幼い頃、グラントにかけられた言葉を思い出す。

（人形のことといい、どうして私、忘れていたのかしら）

グラントの硬い表情の裏に隠された本当の気持ちを、子供の頃の自分は簡単に見抜けたのに、長い年月がヒスイの瞳を曇らせたのだろうか。

彼が怒っているのではとずっと思っていたけれど、よくよく思い起こせば、彼が怒ったときはこんな顔ではすまない。

「嫌でないのなら、もっとキスして欲しいです」

「も、もっと……!?」

「はしたないお願いだとわかっているのですが、このところずっと一人でいたので、なんだか寂しくて」

ヒスイの言葉に、グラントは小さくうめいた。

「か、顔を出せず、すまなかった」

「いいんです。寝室で寝ないと意地を張ってしまったのは私ですし」

「いや、私がお前の側に行かなかったのはそれだけが理由ではなくて……」

モゴモゴと口を動かしてから、グラントは観念したように大きく息を吐いた。

「お前に嫌われることばかりしてしまって、気まずかったのだ。人形もそうだし、クマも……」

「クマ?」

「ミカゲに、ものすごく怒られた。女性の部屋に、クマの剥製を四つも置いたら嫌がらせになると」

そんなつもりはなかったのだが……と、うなだれる彼は叱られた子供の様にも見えて、ヒスイはうっかり可愛いと思ってしまう。

「言い訳になるが、クマも人形も、お前が寂しい思いをせぬようにと置いたのだ。私は仕事が忙しく、お前を一人にしてしまう時間が長いから」

「じゃあ全て、私のために？」

「そのつもりだったが、もっと別のものにすべきだったと今は反省している」

言いながら、グラントはそこで更にうなだれた。

「人形は、常日頃から眺めていたので、不気味であることに気づかなかったのだ。それにクマも、お前は昔から動物が好きだし、ぬいぐるみを好んでいただろう？　だがぬいぐるみを大人の女性に贈るのは失礼だと言われ、それならもう少し大人びたものをと思ったのだが……」

「それで、剝製を……」

「可愛い顔のものを選んだつもりだったんだが、アレでも怖かったか？」

「す、少しだけ」

「すまない。せめて、鹿にすべきだった」

鹿でも、四体もあったらちょっと怖いと思う。

だがグラントが彼なりにヒスイを思い、喜ばせようとしてくれていることは素直に嬉しかったし、彼の突飛な発想も、改めて知るとなんだか愛おしかった。

「剝製は少し怖いので、子供っぽくてもぬいぐるみの方が嬉しいです」

「そうか、ぬいぐるみでよかったのか」

「でもそれも別に欲しいわけではありません。陛下に気を使っていただけるだけで私はすごく嬉しいし、胸もいっぱいで……」

「では、私を嫌ってはいないか？」

「嫌ったことなどございません。私はずっと、陛下をお慕いしていますから」

そう言ってそっと手を取ると、グラントは大きく目を見開いた。

「幼き日に、陛下に良くしていただいてからずっと、あなたの側でお役に立てる日を夢見てきたのです。それが迷惑だったらと悩むこともありましたが、そうでないならお側にいさせてください」

誤解がとけ、改めてグラントの真意を知った今は、更に強くそう思う。

自分の気持ちが伝わるように、グラントの手を取り微笑めば、彼は眉間の皺を深くし、ぐっとうなった。

「お前は、私に気を許しすぎる」

「気を許してはいけないのですか？」

「そうだ。でないと私は、欲望のままお前を傷つけ、貪《むさぼ》りかねない」

繋いだ手を強く握り、ヒスイを見つめるグラントの瞳は確かに飢えた獣のようだった。

だがヒスイは、それを恐ろしいとは思わない。それどころか、グラントの飢えの理由をまったく理解していなかった。

「もしかして、お腹がすいているのですか？　それでしたら、今すぐ何か……」

「私が食べたいのは、お前だ」

「え？」

「……お前を喰らい尽くしたい」

繋いでいた手を引き、グラントは彼女を腕の中に閉じ込める。

彼の温もりと硬い身体に包まれたところで、ヒスイはグラントの言葉の意味を理解した。

「あの、食べるって……ンッ!!」

ヒスイの質問を断ち、グラントが彼女の首筋に文字通り喰らいつく。

本気で噛まれたわけではないけれど、ピリッとした痛みと共に首筋を吸われ、ヒスイの唇からは甘い吐息がこぼれた。

「お前の肌は痕がつきやすいな」

「あ、痕……？」

「お前は私のものだという証だ。どうしてか、突然つけてみたくなった」

「そんなもの、つけなくても、私はもう……」

あなたのものですと、言いたかった言葉は喉の奥で詰まる。

なぜなら今度は、先ほどとは反対側にグラントが唇を寄せたのだ。

今度は痕をつけるだけでなく、肉厚な舌先で首筋までなぞられ、ヒスイの身体からは力が抜けてしまう。

「陛下……そこ……だめ……」

「嫌か？」

「良すぎるから、私……」

ぐったりとグラントにしなだれかかり、ヒスイは頬を上気させる。

「良いなら、やめない」

「ひゃっ……！」

いつの間にかドレスの裾をたくし上げられ、グラントの大きな手がヒスイの太ももをなで上げる。

そのままあっという間に下着をずり下ろされ、ヒスイは甘い悲鳴を上げながら身をよじった。

「寒いか？」

グラントがもたらす愉悦と、さらされた肌に当たる冷気に身体が震えると、グラントが気遣いの眼差しを向ける。

「少しだけ……」

「なら、こちらへこい」

そう言ってグラントの私室の方へと腕を引かれるが、もはやヒスイは足を動かす余裕もない。

（ちょっと触られただけなのに、私もう、蕩けてしまってる……）

それが恥ずかしくてうなだれていると、痺れを切らしたようにグラントがヒスイの腰を抱き上げた。

「ごめんなさい、自分で……」

「この方が早い」

軽々とヒスイを持ち上げたグラントは、危なげなく彼女を運ぶ。

下ろした場所は、彼の私室にある暖炉の側だった。

床の上ではあるが、柔らかいラグとクッションが敷かれているので、確かに先ほどよりずっと暖かい。

「ここならどうだ」

「暖かいです」

「では、続きだ」

グラントはヒスイを横たわらせ、彼女の股をゆっくりと開かせていく。それだけで、ヒスイの身体は期待に震えたが、一方で明るい部屋の中で痴態をさらすのは気が引けた。

「あの、明かりを消していただけませんか？」

途端に少し悲しげな顔をするグラントは何かを誤解しているような気がして、ヒスイは僅かに身を乗り出す。

「見られるのが嫌とかではないんです。ただその、恥ずかしくて……」

ヒスイの言葉に、グラントの表情がほっとしたように和らいだ。彼はすぐに部屋の明かりを消してくれたけれど、暖炉の側ではあまり意味がなかったとヒスイは今更気がついた。

だがこれ以上の我が儘は言えないし、暗がりの中、炎の光を受けながらこちらにやってくるグラントはひどく官能的で、ヒスイはつい見入ってしまう。

「もう、触れてもよいのか？」

グラントが離れた間も、はしたなく開いたままだった膝を撫でられ、ヒスイは顔がかっと熱くなる。

乱れたドレスを直し、脚を閉じることもできたのに、彼に見惚れて何もしなかった自分が恥ずかしい。

「他にも、希望があるなら聞くが」

「い、いえ……大丈夫です」

「もし何かあればはっきり言え。私はその、あまり気が利く方ではないから」

クマや人形のことを気に病んでいるのか、グラントの表情はいつになく自信がなさそうだった。

「何か、嫌なことがあればすぐやめる」

「嫌なことなどありません。時折やめてと言ってしまうかもしれませんが、それもこれも、恥ずかしいからなので……」

「では心の底から嫌だと言っているわけではなかったのか？」

彼は、前回身体を重ねたときのことを言っているのだろう。

あのときはあまり会話がなかったので気づかなかったが、どうやら彼はヒスイの反応を見て気に病んでいたようだ。

「ただ、恥ずかしいだけなんです。むしろその、嫌でないのが恥ずかしいという感じで……」

「よかった。お前に嫌な思いをさせてしまったのではないかと思っていたのだ」

「嫌なことなど何一つありません！　言葉足らずだったことをお許しください」

「それは私の台詞だろう」

それから彼は、ヒスイの膝をそっと撫でながら、濡れた秘部に視線を注ぐ。

「お前はどこもかしこも美しすぎて、触れているとつい言葉を忘れてしまう」

あまりにまっすぐな賛辞《さんじ》に、ヒスイは顔を真っ赤にする。

「だからもっと見て触れたいのだが、構わぬか？」

あえて尋ねられると、それはそれで恥ずかしいが、ヒスイは照れながらも頷く。

「私も、陛下に触れて欲しいです」

「ならば、遠慮はせぬ」

言葉と共に、グラントの太い指先が蜜壺の入り口をなぞる。

「あっ……そこは……」

「心地よいか？」

「ちがっ……」

「こちらか？」

襞を指で割り、グラントの指先が蜜に濡れた花芽を優しくいじった。

「ああぅ……だめ……やぁ」

軽くつまれただけなのに、身体を駆け上る愉悦はあまりに強い。

ヒスイはクッションに預けた背をしならせ、快楽にとらわれそうになる身体と心を必死につなぎ止める。

けれどヒスイを攻める指使いはあまりに巧みで、容赦がなかった。

「ンぁ……んっ、あぁん」

ビクビクとはしたなく震える身体は止められず、せめて声だけでも我慢しようとするが、手で口を覆っても、指の間からは吐息がこぼれてしまう。

「何故、声を堪える」

「大きい声が……出てしまいそうで……」

「出せばよい」

「でも、部屋の外に漏れてしまいます……」

部屋の外には守りの兵士もいるはずだし、彼らに聞かれてしまうのは恥ずかしい。

そう思って口に手を当ててるけれど、グラントはそれが不満であるようだった。

「恥ずかしいというなら、塞いでやる」

言いながら、グラントは覆い被さるようにヒスイの上にゆっくりと重なる。

「我慢などせず、好きなだけ喘げばよい」

口を塞いでいた腕を取られ、代わりにグラントの唇がヒスイの声を塞ぐ。

「あっ……ん……ぁん」

貪るように口づけられ、呼吸さえままならなくなると、確かに声は出てこない。

だがキスの合間にこぼれる吐息はどんどん熱を帯びて、それを聞かれるのはさっきよりもっと恥ずかしい。

「ぁあ……へい……か……」

ヒスイの物欲しげな声に気づいたのか、グラントの大きな手のひらが優しく乳房を揉みしだく。

そのままゆっくりと、乳房の形を変えるように手を動かされると、望んでいた以上の愉悦がヒスイの身体を包み込んだ。

そのまま時間をかけて官能を引き出されたあと、グラントの指が肌の上を滑り、彼女の秘部へと降りていく。

キスのせいで何をされているのかは見えないはずなのに、グラントの指先がヒスイの割れ口を、ゆっくりと擦り上げているのを鮮明に感じた。

「あぁ……ん……んンっ！」

襞をかき開けるように上下に指を動かし、時折花芽をつつかれると、ヒスイの身体は愉悦の波に溺れてしまう。

「あぁ……ン」

最初は戸惑いもあったはずなのに、気がつけば自分からグラントと舌を絡ませ合っていた。

強い快楽によっていつしか恥ずかしさは消え、今はただ、グラントがもたらす熱と快楽の虜になっている。

「やぁ……だめ……」

「嫌か？」

「ぎゃく……です……。ンッ、きもちよく……て……」

問いかけに答えながら、ヒスイは背をしならせる。

尋ねる間もグラントの指先はヒスイの肉芽をいじるものだから、心地よすぎてどうにかなってしまいそうだった。

「あぅ……へいか……」

むしろもう既に、ヒスイの身体はおかしいのかもしれない。

（もっと、触って欲しい……。あそこだけじゃなくて、身体中全部……）

思考が熱情に支配され、普段なら考えられないような恥ずかしい誘惑に身体と心が支配されている。

そしてそれをはしたないことだと思う余裕すら、もうないのだ。

「私に喰われたいか」

グラントの問いかけに、ヒスイは頷く。そこにはもう、躊躇いはなかった。

「私を、喰らい尽くして……」

熱を帯びた声で答えると、荒々しい口づけがヒスイを愉悦の波に突き落とす。

呼吸の仕方を忘れるほど長く唇を貪られ、ヒスイは口内を犯すグラントの舌に夢中になった。

だが口づけは不意にやみ、グラントの顔が遠ざかる。

「あっ……」

蕩けたヒスイの身体から、グラントはゆっくりと衣服を取り払う。

暖炉の側なので寒くはないが、彼に肌をさらす興奮にヒスイの身体は小さく震える。恥ずかしさにさえ快感を覚える自分はおかしくなったのだろうかと不安になるが、グラントの手のひらに腹部を撫でられているうちに、その不安も消えていく。

「陛下……もう……」

わかっていると言いたげに微笑んでから、グラントは開かれたヒスイの脚の間に顔を埋め、花唇に口づけた。

「……ぁあッ！」

そのまま音を立てて蜜を吸われると、強い愉悦が満ちて、ヒスイは涙をこぼす。

「口で……するのは……」

「嫌なのか？」

「きたない……から……」

「汚いどころか、むしろ美しい」

言葉と共に息がかかるだけで、ヒスイの腰は大きく波打った。

それに合わせ、グラントは舌先を巧みに使ってヒスイの敏感なところを強く刺激していく。

蜜をなめ取られ、熟れた花芽を扱かれると、ヒスイの心は愉悦の渦に呑まれてしまった。

「おかしくなって……しまいます……」

でも、やめてとはもう言えなかった。もたらす快楽は強くヒスイの心をからめとり、むしろもっと欲しいと願ってしまう。

はしたない思いを口にはできなかったけれど、腰を震わせながら蜜をこぼすヒスイの身体から、グラントは彼女の願いを察したのだろう。

肉厚な舌は更に容赦なくヒスイを攻め立て、ついに彼女は絶頂へと押し上げられてしまった。

「ああっ……陛下……！　へい……かっ！」

身体を痙攣させながら、ヒスイは悲鳴と共に果てた。

全身が燃えるように熱く、肌からは汗が噴き出し吐息にも熱が混じる。

「お前は、達する瞬間まで美しいな」

気がつけば、グラントはヒスイの蜜口から唇を離していた。だがそれで終わりではないのだと、ヒスイは直感する。

自分を見下ろすグラントの顔は、まだ満たされていない。

そしてそれを見ていると、ヒスイも物足りない気持ちになってくる。

「へい……か……」

鉛《なまり》のように重くなった腕を必死に伸ばし、ヒスイはグラントのシャツをつかむ。

服ではなくグラント自身に触れたかったが、衣服を脱がせる余裕はヒスイにはない。

「もっと、側に……」

溶けるほど近くで触れ合いたい。この身一つで抱き合いたいと思いながら、ヒスイはグラントを見つめた。

だがグラントは、ヒスイの伸ばした手を、やんわりと遠ざけた。

「触れては……いけませんか……」

ヒスイの問いかけに、グラントは僅かに顔をしかめた。

「だめだ」

そして彼はヒスイの身体をうつ伏せにし、獣のように膝を立たせる。

彼の顔に向かって腰を差し出すような格好は恥ずかしかった。だがそれ以上に、グラントに拒絶されたのが切なくて、不安になる。

「陛下……いやです……」

「今更遅い」

少し怒るような声で言い、グラントが荒々しくヒスイの腰をつかむ。

「それにお前も、このままでは辛いだろう？」

「……ぁやぁ」

熱くて太いものが、突き出された臀部にあてがわれる。それが先走りで濡れた彼の陰茎だと気づいた瞬間、再び灯った官能の炎がヒスイを淫らに染め上げた。

（あつい……私また……おかしくなる……）

達したばかりだというのに、グラントの先端が蜜口を擦ると、それだけで全身が戦慄く。

胸の下に置かれたクッションと、毛足の長いラグにしがみつきながら、ヒスイは自分の淫裂が、グラントの先端を呑み込んでいくのを感じる。

一度達してしまったせいか、ヒスイはグラントを易々と受け入れていた。

「いい……あっ……」

それどころか奥を軽く穿たれただけで、彼女は甘い吐息をこぼす。

「気持ちがよいのか？」

「はい……あぁ、陛下が……なか……に、すごい……」

普段なら決して口にできない恥ずかしい言葉を重ね、ヒスイは全身で、グラントがもたらす愉悦に歓喜する。

「ならば、動くぞ」

打擲音《ちょうちゃくおん》を響かせながら、グラントがヒスイに腰を打ちつけていく。それに合わせて彼

の楔が中で動くと、ヒスイははしたなく身悶えた。

（すごい……なか……きもちいい……）

「達きそうなのか？」

「ああっ……いく……いっちゃう……」

「堪えるな」

言葉と共に、先ほどより強く腰を穿たれ、ヒスイの身体がガクガクと揺れる。

もはや身体を支えきれず、上半身はクッションの上に伏してしまったが、それを立て直す余力はない。

それでもグラントの方を見たいと思い、僅かだが身をよじろうとしたが、ズンッとひときわ強く穿たれたせいで、それも叶わない。

「あぁ……あつい……あついの……」

ヒスイの視界には赤い炎しか映らない。そのせいで、まるで全身を火であぶられているような気分になりながら、ヒスイは恍惚とした表情でグラントを受け入れていた。

「ンッ、私……もっと……」

「強くして欲しいか？」

「はい……強く……強くして……」

ヒスイの懇願に答えるように、グラントの肉棒が子宮の入り口を激しく叩く。グラントの腰つきに合わせて揺れる身体には快感が満ちていき、ヒスイはひときわ大きな嬌声を上げた。

「ああ、陛下ぁっ、へいかぁ……！」

グラントの肉棒を締め上げながら、ヒスイは二度目の絶頂へと導かれる。

「くっ……」

そしてグラントもついに果て、熱い飛沫がヒスイの中に放たれた。

「まだ、足りない……」

だが、それでもまだグラントのものは力を失っていないようだった。

背後から重なるように抱きつかれ、ヒスイは繋がったまま彼の腕にとらわれる。

「お前が足りない」

飢えた声で囁かれると、ヒスイの中が蠢きグラントを締め付けた。

体力はもうとっくに尽きているが、グラントが望むのならばこの身を捧げたいとヒスイは思う。

「それなら……陛下を……もっとください……」

（たとえこの身が壊れても……グラント様をもっと感じたい……）

「私を、食べ尽くして……」

震える声で懇願しながら、ヒスイは自分の中でグラントが力を取り戻していくのを感じる。

それに言い知れぬ喜びを感じながら、ヒスイの身体は新たな快楽の予感に震え始めた……。

長く激しい行為は明け方まで続き、最後は気を失うようにヒスイは意識を手放してしまった。

＊＊＊

「ん……」

そして目が覚めると、見覚えのある寝室の天井が広がっている。

(グラント様が、運んでくださったのかしら……)

運ばれた記憶がないことに不安を感じながら、重い身体を少しひねり、ヒスイは息を呑んだ。

この前とは違い、彼女の隣にはグラントがいる。それも、彼はヒスイを抱え込むようにして、穏やかに眠っているのだ。

(今夜は、側にいてくれた……)

ぼやけていた意識が覚醒《かくせい》し、喜びの声を上げそうになるのを堪える。

よく見ると、彼の顔には疲労の色が見て取れて、起こしてしまうのは忍びないと思ったのだ。

だから息を潜め、ヒスイはそっとグラントに身を委ねる。

(こうやってくっつくの、子供のとき以来ね)

ヒスイの華奢な身体に腕を回したまま、静かな寝息を立てているグラントを見つめながら、ふとそんなことを思う。

逞しい彼の身体にそっとすり寄ると、ヒスイは安心できる。

彼の身体は岩のように硬い。けれど彼の温もりを感じていると、気持ちも身体も柔らかくほぐれ、ヒスイはつい彼の胸に頬を押し当ててしまう。

グラントは体温が高いのか、服の上からでもとても温かい。その温もりにいつまでも包まれていたいと思う一方で、頑なに肌を見せなかった彼のことを考えると、少しだけ気分が沈む。

彼の声には、ヒスイを突き放すような響きがあった。最初の夜も彼は決して服を脱がなかったし、昨日の彼はヒスイが彼に触れることすら嫌がっていたように思う。

今は眠っているから近づけたけれど、目が覚めたらまた遠くに行ってしまう気がして、ヒスイはそっとグラントの胸元に手を当てた。

(大きくて、ゆったりした心臓の音……。この音を、いつか直接触れ合いながら感じたいと思うのは、はしたないことかしら)

少なくとも自分からねだるのはまずいだろうと思いつつも、叶うなら、思うままにグラントの体温や鼓動《こどう》を感じたい。

そんなことをこっそり考えながら、眠る彼の身体に身を寄せていると、不意にグラントが大きく身じろぎした。

「あ、おはようございます、陛下」

グラントが僅かに目を開けたことに気づき、ヒスイはそっと微笑む。

(そういえば、グラント様の瞳をこんなにじっくり見たのも、初めてかも……)

グラントを不快にしないよう、静かに彼の起床を見届けようと思ったのに、ヒスイはつい彼をじっと見つめてしまう。

結婚式を除けば彼と会うのはほとんど夜だったから、日が差し込む部屋の中で彼の姿を見るのはかなり久々だ。

昨日グラントがカーテンを閉め忘れたことに内心感謝しつつ、ヒスイは眠そうに細められた瞳を見つめ続ける。

「……ヒスイ?」

そこでようやく意識がはっきりしてきたのか、グラントがぽつりとこぼす。

(今、名前を呼んでくれた……)

結婚してからは頑なに呼んでくれなかった名前を確かに呼んでくれたことが嬉しくて、ヒスイはついはしゃいだ声を出してしまう。

「はい、グラント様」

花が綻《ほころ》ぶように笑い、ヒスイも自然と彼のことを陛下とではなくグラントと呼んだ。

ずっと呼びたかったけれど、呼んではいけない気がして控えていた彼の名を口にすると更に気持ちが高揚して、ヒスイの頬に僅かな赤みが差す。

一方グラントの方は、慌てたように身を引き、困惑の表情を顔にはりつける。

「私の名を、軽々しく呼ぶな」

そしてヒスイにすがりついていた腕を放し、グラントはすぐさまベッドを出て行こうとした。

「あっ、待って……」

遠ざかるグラントのシャツを、ヒスイは咄嗟《とっさ》につかんでしまう。

嫌われるようなことをしては駄目だと思ったのに、突然離れてしまった温もりが悲しくて、つい手が出てしまったのだ。

けれどシャツをつかんですぐに、ヒスイは我に返り、後悔する。

（もう少し側にいて欲しいなんて、そんな勝手なこと言えない……）

「も、申し訳ございません……」

本当は言いたかった言葉を押し込めて、ヒスイは謝罪の言葉を口にし、震える指をグラントのシャツから離そうとする。

「寒いのか」

だが響いたグラントの声は、先ほどとは違い、柔らかかった。

「い、いえ……」

「だが指先が震えている」

「これは、あの……」

「……寒いなら、もっと暖かくしろ」

言うなり、彼はヒスイの身体に毛布をかけ直し、脱ぎ捨ててあった彼の上着を上からかけた。

「温かいものと毛布を用意させるから、今はそれで我慢しろ」

そう言ってグラントはベッドを出て行ってしまったけれど、上着を引き上げると彼がいつも身につけている香水の香りがしたので、先ほどのような寂しさは感じない。

その上彼は、ベッドを下りるとき、さりげなく彼女の頭を撫でてくれた。

浮かんでいた表情は思いのほか穏やかで、ヒスイはグラントが私室の方へ出て行くのと同時に上着をぎゅっと握り、身悶えした。

(今、頭……頭ポンッて、してもらえたわ！)

喜びのあまり悲鳴を上げたくなるくらいだが、さすがに挙動不審すぎるので堪える。

てっきりそのままベッドに置いていかれると思っていたので、グラントの気遣いは本当に嬉しい。

寒がっていると誤解させてしまったことは申し訳ないけれど、もう少しだけこのままでいようとこっそり思う。

「おい、大丈夫か」

そのとき、私室から戻ってきたグラントが少し驚いた顔で声をかける。

「ずいぶん震えているが、熱でもあるのか？」

本当は震えていたのではなく身悶えていたのだが、もちろんそれは言えなかった。

「へ、平気です」

「今、毛布を取りに行かせているが、ひとまずこれを持ってきた」

上着の上に更にかけられたのは、昨日ヒスイがグラントの私室に持ち込んだ肩掛けだ。

「マシになったか？」

「は、はい。むしろ少し熱いくらいです」

「それは、やはり熱が……」

「だ、大丈夫です！」

グラントを心配させたくなくて、ヒスイは元気だと言い張る。

だが、グラントは不満そうな顔でベッドに腰を下ろし、ヒスイの額に手を当てた。

「む、むしろ陛下の方が熱いです。もしかして具合が悪いのではないですか？」

「いや、そんなことは……」

言いつつも、歯切れの悪い言葉にヒスイは慌てて身体を起こした。

「これは陛下がかけていてください。むしろベッドに入りましょう、今すぐ！」

そう言って腕を引けば、グラントの顔が不意に赤くなる。

(やっぱり熱があるのね……、どうして気づかなかったのかしら！)

ヒスイの強引さに負けたのか、グラントはもう一度ベッドに入った。

だが横になることはなく、彼は戸惑った様子で、ヒスイの隣に座っただけだった。

「あの、ベッドに……」

「今入ったら、またお前を押し倒しそうだからやめておく」

「お、おし……」

「むしろお前が入ってくれ、それは目の毒だ」

僅かに顔を背けられ、ヒスイは自分が何も身に纏っていないことを思い出す。

「お、お見苦しいものをお見せして申し訳ございません！」

「いや、見苦しくはない」

肩からずり落ちていた上着をヒスイにかけ直してから、グラントはもう一度ヒスイをじっと見つめる。

「見苦しくないから困っている。昨日も、ずいぶん乱暴にしてしまった」

「そ、そんなことはありません。陛下には優しくしていただきました」

「痛くはなかったか？」

「ええ、大丈夫です」

「なら、いい」

ぽつりとこぼし、グラントはほっと息を吐く。

そんな彼を見たヒスイは、グラントの身体に肩掛けをかけながら、小さく微笑んだ。

「何故、笑う」

「いえ、陛下は意外と心配性なのかなと」

「そんなことを言われるのは初めてだ」

「ですがずっと、私を気遣ってくださっているではありませんか」

彼の顔は、相も変わらず険しく厳つい。でもそれも、ヒスイを心配してくれているからだと、今はわかる。

「確かに、お前の身体に何かあったら困る。結婚したばかりの王妃の体調を崩させたら、また悪い噂を流されそうだしな」

グラントの言葉に、ヒスイはその通りだなと思い頷く。

「もし私が死んだら、すごい噂が流れそうですね」

「縁起でもないことを言うな」

「安心してください。私は死にませんし病気にもなりません。陛下にご迷惑はおかけしませんから」

力強く言うと、グラントは何か言いたそうにしつつも、押し黙る。

「だから今は、陛下がお休みになってください」

「いや、大丈夫だ」

「でも熱があるのでは……？」

「これはその、すぐに下がる」

それに……と、グラントは先ほどヒスイがかけた肩掛けに手をのせる。

「本当に熱が出たら、これで暖かくするから心配ない」

「でしたら、ずっと持っていてください。陛下がお使いになるには、少し安っぽいかもしれないけれど」

「安っぽいどころかとても立派な品ではないか。独特の色合いといい細やかな模様といい、とても手が込んでいる」

不意打ちで自分の作品を褒められ、ヒスイはなんだか照れくさくなる。

「お前はとても器用なのだな。私には、真似できぬ芸当だ」

「すごいのは私ではなく、この糸なんですよ。隣国ヘルダールで作られたものなんですが、糸自体が複数の色に染められていて、それを織るとこのように朝焼けの空を思わせる不思議な色合いになるのです」

普段はあまり語ることのない知識を披露できるのが嬉しくて、ヒスイはつい力説してしまう。

「あとは、イルメシア産の生糸で織ったものなんかも軽い上に保温性が高い布になるんです」

「だが、あの生糸は切れやすいと聞いたが」

「ローナンの縦糸式の織機ですと負荷が大きくて確かに難しいですが、私が使っているのはヒノカ式の手織り機なので、相性がよくて」

「ほう……」

声音は淡泊だが、顎に手を当て何やら考え込んでいるところを見ると、ヒスイの話に興味を持ってくれたらしい。

「その織機、あとで見せてもらうことはできるか？」

「もちろんです。今お持ちしましょうか！」

すぐ持ってこられるほど軽いんですと言いながら立ち上がりかけたが、それをグラントの大きな手が止める。

「あとでで構わない。まずは服を着てくれ……」

「そ、そうでした……」

焦りすぎ、再び肌をさらしてしまいかけた自分が恥ずかしくて、ヒスイは真っ赤になる。

「お前の都合がつく時間に、執務室に来ればよい。会議がなければ、私はずっとそこにいる」

「お邪魔していいのですか？」

「構わん。こちらから出向けず申し訳ない」

「いっ、いえ！　むしろ嬉しいです！　陛下が執務をされているところ、是非見てみたかったので」

「そ、そうか……？」

「陛下にお会いできるのは夜だけだと思っていたから、嬉しい」

少しでも長くグラントと一緒にいたいと思っていたヒスイは、嬉しさのあまり顔を綻ばせ、肩にかけたグラントの上着をぎゅっと握りしめる。

「お前は変わっているな。城の者たちは皆、私といかに顔を合わせないようにするかと、それぱかり考えているのに」

「それは、皆さんが陛下の良さを知らないからです。私だったら、毎日だって会いたいもの」

「ほ、本当か!?」

グラントの言葉に頷くと、彼は少しの間押し黙り、それからそっと口を開いた。

「では、好きな時間に会いに来ればよい」

いつもより小さなその声を、ヒスイは最初幻聴かと思った。

「執務室の鍵は、開けておく」

「えっ……」

「まさか、先ほどの言葉は私をぬか喜びさせる世辞だったのか?」

どこか拗ねたようにも聞こえる声で、ヒスイはようやく幻聴ではなかったのだと気がついた。

「ち、違います……! 許可していただけるとは思わなくて」

「別に構わない。ただ仕事中は構えないから、来てもつまらないと思うが」

「そんなことありません! 陛下のお側にいられるだけで、十分すぎるほど幸せですし」

思わずグラントの手を握りしめながら言えば、彼は先ほどより眉間の皺を更に深くする。

「あ、ごめんなさい……」

突然触られて怒ったのだろうかと思い、慌ててヒスイは手を放す。

だが次の瞬間、グラントはゆっくりと身体を倒しヒスイの唇を優しくついばんだ。

「今は時間がないのだ。煽るようなことはよせ」

それから大きな手のひらでヒスイの髪を梳いてから、その毛先に口づけを落とし、彼はゆっくりとベッドを下りた。

「お前はもう少し寝ていろ。……それから肩掛けをありがとう」

ヒスイの肩掛けを撫でながら、グラントは寝室を出て行く。

一人残されたヒスイは彼が優しく口づけた唇に触れ、そして声にならない悲鳴を上げた。

ささやかな触れ合いだったけれど、ヒスイにとってはあまりに幸せすぎて、まるで夢でも見ているようだった。

（こんなに優しくされたら、私、調子に乗ってしまいそう……）

好きなときに来いと言われた言葉を思い出し、ヒスイは喜びにうめき、布団の中で身悶えた。

その挙動不審な動きは、起きてこないヒスイを心配したシャルが部屋に来るまで続き、芋虫のように身悶える姿は、大いに親友を心配させることになるのだった。

第四章

　ローナン国第十二代国王、グラント＝ローナン＝デルバルドは、かつてないほどの危機に直面していた。

「妻が可愛すぎて心配なのだが、どうすればいいだろうか」

「俺は、お前の口から可愛いなんて言葉が出てきたことが心配だ」

　執務机に突っ伏し、うめく国王の側には彼の親友のミカゲだけが立っている。

　だからこそこぼした本音だったのだが、「お前頭でも打ったのか？」と返ってくる言葉は素っ気ない。

　しかしグラントはそれを気にとめることもなかった。先ほどの発言が自分に似合わぬことは誰よりもわかっているからである。

　グラントは、その外見の恐ろしさと口数の少なさから、心ない悪魔のように思われ、恐れられている王である。

　三度の飯より人殺しが好きで、血に飢えすぎて今も毎日気に入らない人間を殺し、その首を部屋に飾っている……というのが、周囲が思っている彼の姿だ。

だが実際の彼は、人を殺す暇があったらおいしいものが食べたいし、別に血に飢えているわけでもないし、可能な限り穏やかかつ静かな生活を送りたいと願うごく普通の男である——と本人は思っている。

ただ彼は、生まれた時代と環境が悪すぎたせいで、常に剣を握ることを余儀なくされ、本当の自分を表に出す機会にも恵まれなかったのだ。

その結果、彼は『残酷王』と呼ばれるようになり、今や道を歩けば誰もが震えあがる存在だ。

もちろん、恐れつつも彼を支持してくれる者たちはたくさんいる。グラントは恐ろしいだけの男ではなく、治政に優れた王であると知り協力してくれる者も多い。むしろそうでなければ、前王の死後こんなに早く彼が王位に就くことなどあり得なかっただろう。

そして前王が残した負の遺産——汚職にまみれた貴族たちを素早く追い出すこともできなかったはずだ。

だが仕事の上では協力してくれる者たちも、やはりこの顔がいけないのか、口数が少なすぎるのが悪いのか、恋患《こいわずら》いの相談がしたいと打ち明けても、真面目に取り合ってくれない。

長い付き合いのある軍部の知り合いにも、「冗談を言うなんて、具合が悪いのですか？ご病気ですか？」と本気で心配されるくらいだ。大変心外である。

それ故、今日はこうして親友であるミカゲだけを呼び出し、女々《めめ》しい相談をしているのだ。

「重要な話があるっていうから来てやったのに、内容はそれかよ」

呆れつつも、室内に置かれたソファにどっかりと腰を下ろしたところを見ると、話は聞いてくれるらしい。

そんな友人に感謝しつつ、グラントは僅かに身を乗り出した。

「最近、ヒスイが私のことを好きとしか思えないのだが、どう思う？」

「相談どころかのろけか！」

「立派な相談だ。何せ彼女は、時間があると顔を見せにくるし、夜も部屋に来てくれるし、ここ一週間は毎日食事を一緒にしようと誘ってくれるのだぞ……。異常事態にしか思えない」

「いや、どう聞いてものろけだが？」

「相手はこの私なのだ。この恐ろしい顔を見ても微笑みかけてくるなんて、もしや誰かに脅されているのではと不安で……」

「俺が側で護衛してるのに、誰かに脅迫されるような状況になるわけねぇだろ」

「お前の腕は信じているが、それでも不安で仕方がないのだ」

あまりにあり得ないことが起きすぎて、冷静な判断もできないのだと、グラントは頭を抱える。

「彼女に脅されているのかと尋ねることもできない……。それどころか、今の関係が続けば良いとさえ……」

「いや、お前重く考えすぎだよ。夫婦なんだし、一緒にいたり飯食うのも全部普通だしよ」

「だが、結婚は彼女にとって不本意なものに違いないのだ。彼女の許可も取らずに進めてしまったからな」

「まあ確かにはじめはちょっと強引だったかもしれないけど、幸せならいいじゃないか」

「しかし……」

「それにお前、強引にしなかったら、あの子に好きだって一生言い出せなかっただろう？ようやくずっと好きだった子と結婚できたんだから、素直に喜んでおけって」

ミカゲはそう言って笑うが、ずっと好きだったからこその悩みというものもあるのだ。

「喜び、浮かれすぎれば彼女に引かれる気がする」

何せ恋に落ちたきっかけからして、ヒスイにとっては気味が悪いものに違いないからだ。

グラントが彼女を異性として好きになったのは、彼女がまだあどけなさを残した少女の頃だ。

前王フィリップと共に、ヒスイと初めて面会したその瞬間、彼は胸が焼け付くような衝撃を受けた。

緊張で引き結ばれた小さな唇や、どこか寂しげな緑の瞳、そしてフィリップから向けられた悪意に震えながらも耐えるその姿から、一時も目が離せなかった。

同時に、彼女を守らなければと、グラントは強く思った。

表向きは温和な顔を取り繕っているが、フィリップは心が狭く気に入らない者は徹底的に排除する男だ。

そんなフィリップはヒスイの母の美しさに入れ込んでおり、違う男との間にできたヒスイを憎々しく思っているのは明らかだった。

王であるフィリップが憎んだ者を、周りが愛するはずもない。それはグラント自身が誰よりもわかっていたから、彼は陰ながらヒスイを助けようと決めたのだ。

そのときはまだ自分の気持ちが恋だとは思っていなかったが、フィリップに見とがめられぬようヒスイとその母に近づき、少しずつ信頼を勝ち取っていくうちに、彼は自分の気持ちの正体に気がついた。

気づくと同時に、グラントは自分の性癖が歪んでいるのだと思い、落ち込んだ。相手はまだ十歳を超えたばかりの少女で、自分とは一回りも年が違う。

なのに、彼女に微笑まれるだけで天にも昇るような気持ちになり、彼女に抱きつかれると身体は熱を持つ有り様だ。

もちろん気持ちも欲情する身体も抑え込んでいたし、無体を働きたいとは思わなかった。だが彼女を特別に思う気持ちはあの頃からずっと変わらず、むしろヒスイが美しく成長するにつれて強まっているようにも思える。

（むしろ、強まっていてよかった……。少女趣味だったとしたら、目も当てられん）

そんなことを考えて胸をなで下ろしかけるが、よかったというのもおかしな話だ。

（ヒスイからしたら、よいことなど一つもないのだろうな……。私のような男に一目惚れされ、無理やり結婚までさせられたのだから）

けれど彼女を手放すことなど考えられなかった。長いこと抑圧されてきた恋心は抑えきれず、彼が王となる決意をしたのも彼女を守りたいという思いが勝ったからだ。

そのきっかけはグラントにとって苦いものでもあったが、後悔はしていない。

その後ヒスイを王妃にと望んだときは周りに反対されるかと思ったが、彼女との結婚に異を唱える者はいなかった。

ヒスイ本人は気づいていないようだが、彼女は女神に似たその容姿と、地道な慈善活動のおかげで民の人気が高い。

それ故、彼女が王妃になれば残酷王と恐れられているグラントの悪評を和らげてくれるのではと、周りの者たちは思ったようだ。

結果から言えば、『姫様は無理やり結婚させられたに違いない』と民は更にグラントへの不信感を募らせたが、事実そうなのだから仕方がない。

グラントだって、民の心証を容易《たやす》く変えられるとは思っていなかった。ヒスイにだって、

「こんな結婚は嫌です」と泣かれるに違いないと思っていたのだ。

「どうすれば、私を罵ってもらえるのだろうか……」

「……お前、そんな趣味があったのか？」

思わずこぼれた一言に、ミカゲの呆れた声が返ってくる。

「私だって罵られたくはない。だが彼女に無理をさせているのが辛い」

それに、彼女に優しくされるとグラントの理性も危ない。この前も、名前を呼ばれただけで身体が熱くなり、彼は慌てて名を呼ぶなと言ってしまった。もしあのまま何度も呼ばれていたら、きっとグラントは無理にでも彼女を押し倒していただろう。

「いや、だから姫さんは誰かに脅されているわけでもお前への嫌悪感を我慢しているとかでもないと思うが」

「だが一体誰が、こんな男を愛するのだ。一度は、血まみれの姿まで見られたというのに」

「ああ、あれはさすがにびっくりしたみたいだな」

「やはり、怖がっていたか……」

「そういう感じともちょっと違ったようだ。お前のことを心配していたようだぞ」

そう言いながらミカゲは少し真面目な顔になり、グラントを見据《みす》える。

「あれ以来、襲撃の類いはもうないよな？」

「そうだな。まだ頻繁に起きるようなら、こんな場所にヒスイを置いてはいない」

いつ誰に暗殺されるかもわからぬ場所で、彼女と暮らすほどグラントも馬鹿ではない。

あの日は、自分の殺害計画があると知り、あえて待ち構えていたのだ。

「お前なら無事だろうと思っていたが、さすがの俺もあのときは肝が冷えた」

「すまん。だがお前がいたら逆に相手が襲いにくいかと思ってな」

「それはわかるが、事前に一言言え。ねずみ取りなら協力する」

「必要ならそうする。今もまだ、ドブに逃げた奴もいるようだからな……」

そう言って大きく息を吐き、グラントは目頭《めがしら》を指で押さえる。

「ずいぶん疲れているようだが、問題は山積みなのか？」

「いや、政権交代に関するゴタゴタはあらかた収まっている。クーデターを企てる者がいるという噂もあるが、そちらは『リオン』に色々と探らせているのでその情報待ちだ」

「じゃあ目下の悩みは姫さんか……。まあ俺から見れば悩むほどのことでもないと思うが」

ミカゲの言い方には含みが有り、グラントは僅かに首を傾げる。

そのとき、突然執務室の扉が叩かれ、控えめで愛らしい声がその場に響いた。

「ヒスイです。今入ってもよろしいでしょうか？」

その言葉にグラントは緊張のあまり顔を強ばらせ、代わりにミカゲが「いいぞー」と暢《のん》気《き》な声を上げる。

「もう少し顔の力を緩めろ。そんなだから怖いって言われるんだぞ？」

そんな助言がミカゲの口からこぼれたが、グラントは部屋に入ってきたヒスイに意識が集中し、聞こえていない。

（駄目だ、顔を見ただけで胸が苦しい……。可愛い……まずい……死ぬかもしれない……)

傍から見れば誰かを殺す算段でもしていそうな顔だが、その内側で繰り広げられる葛藤は、初恋に悩む初心《うぶ》な十代のように純情なものだった。

「あ、お邪魔だったでしょうか？」

部屋へと入ってきたヒスイは、ミカゲが側にいることに気づき、そのままきびすを返そうとする。

その様子に、グラントは慌てて椅子から腰を上げた。

「構わない。お茶にでもしようと思っていたところだ」

「それでは、ご一緒してもよろしいですか？」

笑顔と共に持ちかけられた提案に、グラントは感激のあまり言葉を詰まらせる。

「あ、嫌なら一人で……」

(嫌なわけがないだろう)

グラントはそう思っているが、傍から見たら彼の表情は不機嫌にしか見えない。

そのせいでヒスイは今にも引き返してしまいそうだったが、それよりも早くグラントがソファを目で示した。

「そこに座れ、菓子を用意させる」

「あの、でも……」

「気にせず食べていけばいい。俺はシャルをからかいに行くから、こいつの相手をしてやってくれ」

優秀な部下が空気を読んで退出すれば、ようやくヒスイがソファに腰を下ろす。

そしてグラントも、彼女の隣にそれとなく移動した。

「ごめんなさい、急に……」

「好きな時間に来いと言ったのは私だ」

それに正直、ヒスイが来てくれるのは嬉しい。顔にはまったく出ていないが、嬉しすぎて胸が苦しいほどなのだ。

「一応休憩のお時間にと思っているのですが、もしお忙しかったら言ってくださいね」

「ああ」

そこで会話が途切れ、二人の間に長い沈黙が流れる。

（まずい、何か言わねば）

そう思うのだが、隣に座るヒスイの姿を見た瞬間、グラントの思考は『可愛い』という言葉に支配され使い物にならない。

そうしているうちにお茶と焼き菓子が運ばれると、グラントを恐れて早々に出て行った侍女に代わり、ヒスイがお茶をついでくれた。

「お砂糖は五つでしたよね」

「ああ」

「あとミルクもいっぱい入れておきました」

「うむ」

「グラント様は昔から甘い物がお好きでしたよね」

「うむ、好きだ」

甘い物よりもお前の方が好きだと、ここで言えたら物事はもっとうまく進むのに、思っていても口から出ないのがグラントという男だった。

一方ヒスイの方はと言えば、ろくな返事もしないグラントが相手だというのに、楽しそうに給仕をし、幸せそうに微笑んでいる。

その愛らしさに目を奪われつつ、グラントは楽しげな彼女が少し不思議だった。

気の利いたことも言えず、どちらかと言えばつっけんどんで口の悪い自分が相手だというのに、ヒスイはつまらなそうにしていることがない。

再会した当初は怯えたような顔をすることもあったが、ここ最近はそれもないのだ。

特にこうして部屋にやってくるようになってからは、前より笑顔が増えたし楽しそうだ。

(楽しそうなヒスイは、可愛い)

だからもっと楽しませてやりたいと思うが、お茶を片手に時折投げかけられる世間話に、グラントが返す言葉といえば、「うむ」「そうか」の二言ばかりだ。

でもさすがにそれではまずい気がして、グラントは頑張って話題を探す。

「……そういえば」

「はいっ！」

珍しく、グラントから話しかけられたことが嬉しかったのか、ヒスイがぱっと顔を綻ばせる。

それがあまりに可愛くて五秒ほど固まり、慌てて我に返った。

「この前、見せてくれた織物と織機のことで一つ相談がある」

「何でしょう？」

そう言って首を傾げるヒスイも可愛いなとまた一瞬思考が固まったが、今度は先ほどより早くグラントは自分を取り戻す。

「あれを、この国の特産品にしたいと思うのだ」

「特産品って、私の織物をですか？」

「調べてみたが、ヒノカの織機の中でもお前の織機はかなり特殊なようだな」

「はい。元々これは、母が父と共に開発したものなんです。亡くなった父は織物を扱う商人で、既存の織機を小型化しどんな場所でも手軽に機織りができるようにと考えていたそうです」

ヒノカのような国土の少ない国では、家も工場も手狭でなかなか大きな織機が置けない。だから織機をできるだけ小さくし、扱いやすくすることで生産性を上げようとしていたようだが、志半ばで父は病に倒れ、結局ヒノカでは普及しなかったのだとヒスイは寂しげに告げる。

「ですが、ローナンほどの大国でしたらもっと大きな織機で問題ないのでは？」

「大きさもそうだが、女子供でも手軽に扱える気軽さにこそ価値があると思っている」

度重なる戦のせいでローナン国は多くの働き手を失っている。そのせいで今、女性や子供にもできる仕事が必要とされているのだ。

徴兵のせいで男たちの数は減り、生き残った者たちも皆身体に傷を抱え、未だ働けぬ者も多い有り様だ。

そんな中、女でもできる仕事は貴重だと説明すれば、聡《さと》いヒスイはグラントの考えを察したらしい。

「確かにローナンの働き口は体力がいるものばかりですよね」

ローナンの主な産業は国が保有する鉱石資源の採掘とその加工だが、そのどちらも女性に向く仕事とは言えない。

製鉄所の一部では、人材不足を見越して既に女性の登用が始まっているものの、採掘の方はそうはいかない。

「女子供を炭鉱で働かせるのはあまりに酷だ。ならば男たちの傷が癒《い》え、彼らが元の仕事に戻れるまでの間に、何か別の仕事があればと思っていたのだ」

「でしたら、確かに織物は良いかもしれません。織機の作りもシンプルなので、量産にもさほど手がかからないと思いますし、ローナンの属州となった国の中には綿花や生糸の栽培に秀でたものがあるんです。特にミルイアの生糸は光沢がとてもよくて……！」

そこでヒスイは、不意に言葉を詰まらせる。

「すみません、一人でべらべらと……」

「いや、勉強になる」

だからもっと教えて欲しいと思いじっと見つめると、ヒスイは頬を赤らめ視線を下げた。

（いつも思うが、ヒスイは照れると最高に可愛い）

だからもっと照れさせたくなって、グラントは手にしていたコップを置いて、ヒスイの首筋に唇を押し当てた。

「ひゃいっ!?」

グラントの行動を予期していなかったのか、ヒスイは珍妙な声を上げて飛び上がる。

「な、なんで突然……あの……」

問われると返事に困り、グラントは眉間の皺を深くしながら答えを探す。

ヒスイの恥ずかしい顔を見たかった、と素直に言えば引かれてしまう気がするし、今更もっともらしい答えは浮かばない。

けれど黙り込むグラントの顔が怖すぎたのか、「や、やっぱり答えなくて良いです」とヒスイは首を押さえた。

顔を真っ赤にするヒスイが愛おしすぎて、グラントは彼女に触れたくてたまらなくなる。

だがいざ触れようとすると、彼女を怖がらせてしまうのではという不安が芽生え、グラントの指先は所在なくさまよう。

そのまましばらく悩んだ末、グラントがそっとつまみ上げたのはヒスイの頬にかかる髪だった。そこならば、感触もないのでいいだろうと思い、グラントは持ち上げた髪の先にそっと唇を落とす。

「ひゃいいっ！」

しかしやはり、ヒスイは髪へのキスでも驚いた声を上げる。

「こうされるのは、嫌か？」

尋ねると、ヒスイは真っ赤な顔のまま首を横に振った。

「嫌ではありません。でも、触れられていないのに、なぜだか少しこそばゆくて」

確かにヒスイは、どこかくすぐったそうに身体をすくめている。それが可愛いすぎるあまり、グラントはヒスイの髪を優しく梳くと、もう一度その毛先に唇を落とした。

声は上がらなかったが、チラリと窺うと、やはりヒスイは恥じらいと戸惑いに顔を赤くしていた。

「陛下はその、髪がお好きなんですか？」

(私が好きなのは髪ではなくお前だ)

そう思ったが、思うだけで言葉は出てこない。好きだという言葉は、グラントにとって何よりも口にしづらい言葉だからだ。

かといって黙っているわけにもいかず、グラントは必死になって言葉を探す。

「お前の髪は美しいから、触れたくなる」

何とか言葉を絞り出すと、ヒスイの顔がぱっと明るくなる。どうやら喜んだらしいとわかり、グラントは更に賛辞を送ろうと再び口を開いた。

「その美しい漆黒から、なぜだかいつも目が離せなくなるのだ」

「で、では、いつでも触れてください。私も、陛下に触れられるのは嫌ではありません」

「なら、遠慮はしないぞ」

許可が出たのが嬉しくて、髪と共にヒスイの頭を優しく撫でる。

その手つきに目を細めるヒスイは無邪気な子供のようで、それを見ていると昔の記憶が蘇《よみがえ》る。

「こうしていると、お前の母を思い出すな」

「母……？」

「ああ。お前も、お前の母も美しい髪をしていた」

そんな二人はよく、髪を結い合っていた。その姿は微笑ましくて、少し遠くから眺めることが多かったのだ。

ヒスイはよく、『お母様と同じ髪型にしたい』と駄々をこねていて、そのたび彼女の母や乳母たちが笑いながら彼女の髪を編んでいた。

「また、昔のように髪を編んでみたらどうだ？」

「……それは、母のようにということですか」

「ああ。きっと似合う」

今の髪型の方が個人的には好きだが、それも悪くないと思っていると、突然グラントの手から髪がするりと抜けた。

ふと見ると何故かヒスイは浮かない顔をしていた。だがその理由を尋ねる間もなく、いつもの笑顔を取り戻すと、彼女は勢いよく立ち上がる。

「私、その、そろそろ行きますね！」

「そうだな、私も会議だ」

名残惜しいが、気がつけば大分時間が経っていた。

仕方なく、グラントはヒスイに続いて立ち上がると、彼女を部屋の入り口までエスコートする。

「今日は夕飯も一緒にとれると思う」

「じゃあああの、お待ちしております」

声を弾ませるヒスイは子犬のようで、表情にはもう陰りはない。

(先ほどのは見間違いか……)

そう思い、グラントはそっと微笑む。

「夜にな」

そう言って綺麗に結い上げられた黒い髪を撫でると、ヒスイは少し戸惑ったような表情を浮かべたあと、笑顔をグラントに向けた。

「お仕事頑張ってください」

その一言を置いて、部屋を出て行くヒスイ。

それを見送りながら扉を閉めようとしたところで、グラントはヒスイを送り届けるため、廊下で待機していたミカゲと目が合った。

ミカゲはグラントに呆れたような眼差しを向けてから、『もっと気の利いたことを言え』と声を上げずに主張する。

そう言われても咄嗟には浮かばないが、このまま行かせるのはまずい気がして、グラントは、「待て」とヒスイを呼び止め廊下に出る。

「何でしょう？」

そう言って振り向くヒスイは今すぐ押し倒したいほど可愛かった。

（せめて、キスくらいしたい）

そう思うが、ミカゲや侍女たちがいる前でするのは憚られるし、下手に唇を奪えばすぐには終われない気もする。

（なら頬……いやそれも唇に近すぎる……。かといって指先は物足りないし……）

などとぐるぐる考えて混乱しすぎた結果、グラントはヒスイの髪を慈しむように掻き上げながら、彼女の耳元に唇を寄せていた。

（まずい、ここはここで色気がありすぎる）

かといって唇を遠ざけることもできず、気がつけば、グラントはヒスイの耳を優しく食んでいた。

痛くさせないよう、咄嗟に優しく食むだけにとどめたが、ヒスイは真っ赤な顔でグラントを見上げている。

それが可愛くて、グラントは満足げに頷いた。

「もう、行ってよい」

「は、はいっ……、失礼します……」

手と足を一緒に動かす奇妙な歩き方で廊下を進むヒスイが可愛くて、グラントはその姿をじっと見つめる。

そんなヒスイの横では、ミカゲがひどく呆れた顔をしていたが、グラントがそれに気づくことは最後までなかった。

＊＊＊

「ねえシャル、相手の耳を噛むのってどういう意味があるのかしら？」

「まったくわかりませんし、知りたくもありませんし、それがグラント陛下のなさっていることならこの話は聞かなかったことにしたいです」

「ええっ、そんなこと言わずに聞いて！」

「と言うことは、陛下にされたんですね」

「そうなの。最近別れ際によくされるんだけど、どういう意味なのかわからなくて……」

ここ一か月ほど、昼間も折を見てはグラントに会いに行っているのだが、そのたび彼は

ヒスイの耳を噛むのだ。

それも大抵は別れ際、ひどく困ったような顔をしたあと、彼は耳を噛んでくる。

噛み方は優しく、痛みもないので嫌ではないのだが、何故噛まれるのかヒスイにはどうしてもわからない。

ある種の愛情表現だと思いたいが、あの困り果てた顔とあえてキスではなく噛むということは、何かしら鬱屈《うっくつ》した思いがあるのだろう。

だがそれを直接本人に聞く勇気もなくて、悩んだ末シャルに相談してみることにしたのだ。

「お願い、相談に乗って。こういう話ができるのはシャルしかいないの」

「私でなくても、話し相手ならたくさんいるでしょう。最近は侍女たちとも仲が良いじゃないですか」

「でもシャル以外の人は、グラント様の名前を出すだけで震えてしまうから何も言えないんだもの」

「私だって、あの男の名前は聞きたくありません」

確かにシャルも、グラントのことを快く思っていないのは知っていた。

彼女はグラントの恐ろしい噂や話をたくさん見聞きしているらしく、いまだにヒスイが彼に何かされるのではと恐れているようなのだ。

もっとグラントのことを知れば、彼が恐ろしいだけの人ではないとわかるはずだが、そもそもグラント自身がシャルを含め、他人を遠ざけてしまっているので誤解が解けない。

彼は国王だが、私室に侍女たちを入れたがらないし、自分のことはほとんど自分で済ませてしまう。その上剣の腕も立つから、護衛も側に置きたがらないのだ。

そのせいで、彼の穏やかな一面を見ているのはヒスイと友人のミカゲだけということらしい。

「ちょっとだけでいいから、聞いてくれない？」

「駄目です。今は仕事中ですし」

「昔は、仕事中でも聞いてくれたじゃない」

そもそもシャルの仕事はヒスイを朝から晩まで護衛することなので、休み時間などないではないかと拗ねた気持ちになる。

「あのときとは状況が違うでしょう。グラント陛下は度重なる粛清のせいで多くの恨みを買っていますし、その妻であるヒスイ様が狙われる可能性だって十分あるんです。だから前より、一層警戒しなければ」

「でもグラント様は、今はもう安全だって」

「確かにミカゲからも安全だとは言われています。ですが、前にグラント陛下が襲撃を受けたことがずっと引っかかっているのです」

たぶんシャルは、血だらけのまま部屋から出てきたグラントのことを言っているのだろう。

　確かにあのときは、危険が身近にあることを知ってヒスイも驚いた。

「けれど、グラント様とミカゲさんが安全だって言っているのなら……」

「あの二人だから心配なんです。このところ、二人だけでよく話し込んでいるようだし、よからぬことを企んでいないかと心配で」

「何度か二人一緒のときに会ったけれど、物騒な雰囲気ではなかったわ。ミカゲさんも『恋愛話をしているだけだ』って笑っていたし」

「恋愛ってまさか、父上はついに相手を……」

　ヒスイの言葉に、シャルは絶句する。彼女の顔色はみるみる悪くなっていき、ヒスイは慌てて、「たぶん違うわ！」と言葉を続けた。

「お友達の中に、三十すぎにもかかわらず未だ恋人に『好き』と言えない方がいて、その方の恋患いについて語っていたんだそうよ」

「……誰ですかそれ、情けないにも程がありますね」

　そこでようやく小さく笑ったシャルに、ヒスイはほっとする。

　それと同時に、彼女が見せた反応にヒスイは強く興味を引かれていた。

「ねえ、もしかしてシャルってミカゲのこと好きなの？」

「……は？」

「そ、そんなに冷たく返さなくてもいいじゃない。ただその、さっきはなんだか落ち込んでいたように見えたから」

「誤解です。あんなちゃらんぽらんで、だらしなくて、加齢臭がするおっさん願い下げです」

ミカゲが聞いたら落ち込むだろうなと思いながら、ヒスイはシャルの言葉に苦笑する他ない。

「でも、尊敬しているのよね？」

「確かにしています。剣の腕も一流ですし、この国の生まれであれば彼が新しいローナン国軍の元帥になっていたでしょう」

仕事面では認めているのか、そう告げるシャルの声は誇らしげだった。だがそれもつかの間、シャルはまた落ち込んだように目を伏せる。

「ですが、私は彼の娘だというのに至らない。ヒスイ様の護衛になったのだって、父が私を厄介払いをするためだったと言うし……」

「えっ、ミカゲがそう言ったの？」

「他の兵士から聞いたのです。役立たずの私を戦場に出すわけにはいかないから、護衛をさせているのだと……」

言葉が途切れ、シャルは悔しそうに唇を噛む。その顔が見ていられなくて、ヒスイはそっと彼女の肩を抱き寄せた。

「きっとその兵士たちはあなたに嫉妬《しっと》していたのよ。あなたは強い上に気が利くし、今まで護衛をしてくれた人の中で一番だわ」

そう言って頭を撫でれば、シャルは慌てた様子で顔を上げる。

「すみません、情けない愚痴をこぼしてしまって……」

「むしろもっとこぼしていいのよ。私、あなたの元気がないのは嫌だもの」

そう言って微笑むと、シャルの表情が僅かに和らいだ。

「すみません……。やはり父が護衛についたことに少なからず焦りがあって」

一人では力不足だと、そう言われた気がして自信がなくなったのだとシャルはこぼす。

「こんなことで愚痴を吐くなど、情けない限りです」

「そんなことないわ。これだけ色々なことが変われば、慣れるまでは心が落ち着かなくて当然よ」

自分だって、グラントとのことで悩むことは多い。

彼女の妻としてやっていけるのか、王妃としての職務をこなせるのかと、不安なことばかりだ。

「でも少なくとも、私はシャルがいてくれることで救われているの。グラント様とのことも、あなたには吐き出せるおかげで悩みすぎずにいられるし」

「むしろヒスイ様はもう少し色々と悩んだ方がいいと思います。やはりあの方は手放しに信じていい方ではないという気がしますし」

「確かに何を考えているかはわからないし、彼の政策は少し強行だけれど、冷酷非道なだけではないわ」

「そう思っているのは、ヒスイ様だけです」

「ミカゲだって、噂は噂だって笑っていたわ」

「あれは陛下の友人ですし、我々を油断させるために嘘をついていてもおかしくありません」

「シャルって、ミカゲを尊敬してはいるけど信用はしていないわよね」

『護衛で一番大事なのは常に疑り深くあることだ』と、私に教えたのは他ならぬ彼です。それにさっきも言いましたが、あれは口先だけのちゃらんぽらん男なので」

「尊敬もしているか怪しい発言ね、今のは」

そう言って笑っていると、タイミングよくミカゲがふらりと部屋に入ってくる。

「今、俺の話をしてなかったか？」

そして察しの良いミカゲは、そんなことを言いながらシャルの肩をがしっと抱き寄せる。

「さ、酒臭い!?　まさか飲んできたんですか!?」

「グラントが良い酒をもらったって勧めてくるから」

「だとしても、仕事中に飲むなんて怠慢《たいまん》です！　ちょっとそこに座りなさい!!」

そう言ってミカゲを叱るシャルの姿に、ヒスイは思わず噴き出す。

(何かミカゲさんを叱ってるときのシャルって生き生きしてるし。もしかしたら貶《けな》すのもある種の愛情表現なのかも)

そしてミカゲの方も、シャルに構ってもらえるのが嬉しいらしく、叱られつつもニコニコしている。

直接的な愛情表現はしないし、わかりづらいけれど、二人にはきっと確かな絆《きずな》があるのだろう。

それが、ヒスイはとても羨ましい。

(私とグラント様の間にもそういう絆ができればいいのに)

気持ちのわかりづらさで言えばグラントも負けていないけれど、シャルとミカゲのような関係になれるかと想像すると、ヒスイは自信がない。

(嫌われていないし、好意だって向けてくれているとは思うけど……)

好きだと言われたことは未だないし、彼の向けてくれる優しさが夫婦間に芽生える愛情から来るものとは違う気がするからだ。

(やっぱり、今もグラント様はお母様のことが好きなのかしら。だから私のことを、好きになってくれないのかしら)

近頃グラントは、ヒスイの髪によく触れる。触れながら、母を想うようなことを口にもしていたし、やはり彼は今もまだ母のことを忘れることができないのかもしれない。

部屋の隅に置かれた姿見の前に立ち、ヒスイは自分の頬と長い髪に触れる。

ヒスイの姿を母ミナトと重ねる者は多いが、正直ヒスイ自身はそこまで似ているとは思えない。むしろ年を重ねるごとに母と離れてしまっている気がする。

ミナトは全体的に線が細い美しい顔立ちだったが、ヒスイの顔は美しさより愛らしさを感じさせる作りだ。それに身体のラインも、女性的だった母と比べるとヒスイの起伏は少々物足りない。

　そしてそれを思うと、ヒスイはどうしても不安になってしまうのだ。

（このまま年を取って、今よりずっとお母様と似なくなっても、グラント様は私に触れてくれるかしら）

　容姿が似ていなくなっても、グラントはきっと優しく接してくれる。でもグラントに触れられる喜びを知ってしまった今、ヒスイはただ優しくされるだけではきっと我慢できない。

　母の身代わりであることは辛いけれど、それでも彼の指先が与えてくれる愛情や熱情がヒスイは欲しいのだ。はしたないことだとはわかっていても、グラントに触れられたいし、口づけを落として欲しいと彼女は願わずにいられない。

　鏡に映る黒い髪にそっと触れながら、ヒスイは決して口にできない自分の気持ちに戸惑う。

　それが顔に出ていたのか、ミカゲと言い争っていたシャルが顔を上げた。

「髪が、どうかしましたか？」

　鏡越しに目が合い、ヒスイは慌てて髪から手を離す。代わりに、シャルが彼女の背後に近づき、彼女の髪を撫でた。

「少し、傷んでいるようですね」

「目立つかしら？　最近は栄養のあるものを食べているし、これでも大分良くはなったんだけど」

「少しだけ、切ってみるのはどうですか？」

「それも考えたんだけど、実はもう少し伸ばしてみたくて」

髪を伸ばして結わえれば、もっと母に近づけるかもしれない。そんなことを思いながら鏡に映る自分を見ていると、今度はミカゲが彼女の髪をじっと見つめた。

「だったら、髪質を良くするオイルを使ってみたらどうだ？」

「父上にしてはいいアイディアです！　ヒスイ様、たまにはその手の美容品を使ってみましょうよ！」

シャルの言い方に若干不満そうな顔をしながら、ミカゲも使ってみろと背中を押してくれる。

「でも、高かったりしないかしら？」

「王妃なんですから、買えないものなんてないでしょう？」

「王妃だからこそよ。国のお金を自分のために使うなんて、そんなことできないわ」

日用品ならともかく、髪に使うオイルは贅沢品だ。今だってドレスや化粧品などをたくさん用意してもらっているのに、これ以上の贅沢なんて望んでいいとは思えない。

だからやめようと言いかけたとき、突然、意外な顔が三人の間に割り入った。

「欲しいなら、いくつでも買えばよい」

「おっ、お前いつから……！」

突然口を挟んだのはグラントで、いつの間にか輪に加わった彼にミカゲが心底驚いた顔をする。

「気配もなく部屋に入ってくるなよ！　いやおい待て、お前今絶対扉から入ってきてないだろう。そうじゃなきゃ、俺が絶対に気づいてたはずだ」

「今は、バルコニーから入った」

「なんでそんなところから来たんだよ。それにこの部屋のバルコニーは、他の部屋と繋がってないはずだろう」

「部屋とは繋がっていないが、壁はある」

（それってつまり、壁を伝ってきたってことかしら……）

最近気づいたが、グラントは少々ずれたところがあるようだ。クマや人形の件もそうだったが、考え方や行動理由が常人には理解できないことがある。

ヒスイはそこに可愛らしさを感じて胸がキュンとするが、ミカゲなど彼の側に仕える者たちは、独特な考え方を持つグラントとのやりとりに、苦労することも多いようだ。

「それで、いくつ欲しい」

あくまでも自分のペースを崩さず、尋ねてくるグラント。今にもオイルを買いに走りそうな彼の様子に、ヒスイは慌てて首を横に振った。

「い、いくつもいりません。絶対に必要なものでもないですし」

「だが欲しいなら買えばよい。それに、その髪が美しくなるのは国のためにもなる」

「そんな、大げさです」

冗談だと思ってヒスイは笑ったが、グラントは真面目な顔で彼女の髪に触れた。

「実は近々、お前には街に行ってもらいたいのだ。王妃として民の前に出るのは初めてだろうし、そこでみすぼらしい姿を見せるわけにはいくまい」

「私、みすぼらしいですか……?」

「い、今のは言葉のあやだ、すまない」

慌てて重ねられた謝罪の言葉に、ヒスイはひとまずほっとする。

「民は皆お前を好いている。だからお前が美しく健やかなことを示したいのだ」

特に今、城下ではグラントがヒスイをいじめているのではないかという噂が流れているらしい。

(結婚式のときもそうだけれど、グラント様が私を大事にしてること……まだ伝わっていないのね)

できることなら誤解を解きたいが、言葉で言ってもなかなか伝わるものではない。

だから綺麗な姿を見せることで、ヒスイは幸せに暮らしていると示すことは悪くない考えだと思えた。

「現金な考え方だが、姫さんが綺麗であればあるほどそれが王の寵愛の証《あかし》になる。だから噂を払拭《ふっしょく》するには、頭のてっぺんからつま先まで綺麗なことも重要だろうな」

ミカゲにまでそう言われると、多少の贅沢品も必要だと思えるようになってくる。

「では少しだけ、買っていただくことはできますか？」

「少しと言わず、好きなだけ買えばよい」

むしろ自分が用立てるというグラントに、ヒスイは改めてお礼を言ったが、不意に僅かな不安を感じて、更に言葉を重ねる。

「でも本当に、必要なだけでいいですからね」

顔に似合わず、グラントは昔からヒスイを甘やかす。だから今回もそうなる気がして、ヒスイは念のため釘を刺しておこうと思ったのだ。


（必要な分って、普通一瓶とかよね……）

だがその翌日、ヒスイは釘の刺し方が甘すぎたと痛感する。

朝起きると、化粧台の上には数え切れないほどたくさんの瓶が並べられていたのだ。

髪に使うものだけでなく肌用のオイルなどもあり、用意させたのはグラントに違いない。

（それにしても量が多いわね……。もしかして、陛下も私の髪が傷んでいることを気にしていたのかしら）

日に何度も髪に触れる彼のことだから、ヒスイの髪質の変化にも気づいているに違いない。そしてそのたび、心の底ではがっかりしていたのかもしれないとふと思ったのだ。

（お母様はいつも綺麗だったし、それと比較されていたのかも）

どんな苦難の中にあっても、母の髪はいつも美しかった。亡き父が褒めてくれた髪だからと、手入れを欠かさなかったのだ。

記憶の中、鏡台に座っていた母の姿を思い出しながら、ヒスイはオイルをそっと手に取る。高いものではなかったけれど、母もこうしたものをよくつけていた。

その手つきを思い出しながら、ヒスイもそっと小瓶の蓋を開けてみる。

蓋を開けると、意外な匂いのきつさにヒスイは顔をしかめた。この手のものを使うのは初めてで慣れないせいもあるが、正直少し気分が悪くなる。

もしかしたら他のものはマシかもしれないといくつか瓶を開けてみたが、結局どれも似たり寄ったりだ。

仕方なく、ヒスイは最初に開けた小瓶をもう一度持ち上げる。

（とりあえず、髪にすり込めばいいのよね……）

母の手つきを思い出し、ヒスイはそっと髪に馴染ませてみる。

つけ心地は思いのほか悪くなかったが、ヒスイの長い髪には量が足りず、結局三つほど開けてしまった。

（これで、しばらく置けばいいのかしら……）

母の手順を思い出しながら髪を撫でていると、そこにシャルと侍女たちが入ってくる。

「今日はずいぶん早いのですね」

「グラント様が、早い時間から街の視察に出かけられたから、一緒に起きたの。それにこれも試してみたくて」

シャルの言葉に小瓶を持ち上げると、侍女たちが慌てた様子でヒスイに駆け寄る。

「お手入れなら、お手伝いいたしますのに」

「髪につけるだけだから自分でできると思ったの。それにこれなんだか臭いし、みんなの手を借りるのも気が引けて」

慌てる侍女たちにそう告げて、ヒスイはちゃんとできたことを示すようにもう一度髪を撫でる。

だがそこで、ヒスイは違和感を覚えて動きを止めた。

「ねえ、オイルってつけると髪が固まるものなの？」

何気ない質問だったのに、侍女たちの顔からさっと血の気が引いたのがわかった。

その様子にシャルと顔を見合わせた瞬間、侍女たちの口から悲鳴が上がりぎょっとする。

だがそのときはまだ、ヒスイは事態の深刻さに何も気づいていなかった。

＊＊＊

グラントが視察を終えて城に帰ってくると、城内の空気が明らかに凍り付いていた。

使用人たちの顔は強ばり、死刑宣告を待つ囚人のように皆黙り込んでいる。

この手の顔を向けられるのは今に始まったことではないし、正直少し前のグラントなら彼らの強ばった顔など気にもかけなかっただろう。

だがヒスイが来て以来、城内には笑顔が増え空気も穏やかになっていて、そのおかげでグラントへ向けられる表情も少しだけ改善の兆《きざ》しがあったのだ。

ヒスイは周りを笑顔にするし、その上、『陛下はお優しいです』と行く先々で話すものだから、顔を見るなり悲鳴を上げられることもかなり減っていたのである。

(だが何故だろう。今日は皆、私に斬り殺されるのを恐れているような顔をしている)

まるで時が戻ったような気持ちで私室へと向かうと、その途中でミカゲがひょいと顔を出す。

「あー、突然だが話がある」

ミカゲはいつも通りの様子だが、あえて声をかけてきたところに不安を感じる。

怠け癖がある彼は、酒の誘いをかけるとき以外は、グラントを待ち伏せなどしないからだ。

「はじめに言っておく。話は最後まで聞け、そして怒るな、取り乱すな、騒ぐな」

念には念を入れてという様子をいぶかしく思ったところで、グラントははたと気づく。

「まさか、ヒスイに何かあったのか?」

グラントが取り乱すことと言ったら、彼女に関することのほかにない。それもここまで念押しされるということは、何か起きたに違いないのだ。

（もし、彼女の身に何かあったら……）

不安と共に、グラントの脳裏に不快な記憶が呼び起こされる。決して思い出したくないその記憶は、ヒスイの知らないグラントの暗い過去に基づくものだ。

思い出すなと心は命令するが、不安と動揺に支配されたグラントの意識は記憶に沈み、一瞬我を忘れた。

（無事を……ヒスイの無事を確かめなければ……）

虚《うつ》ろな心のまま、グラントはその場から歩き出そうとする。

「おい落ち着け、お前が思っているほど悪いことは起きちゃいない」

そんなグラントを止めようと、ミカゲが腕を伸ばす。だがグラントは、無意識のうちにそれをはね除けた。

そしてそのまま駆け出そうとしたところで、改めてミカゲに腕をつかまれ、ようやく我に返る。

「深呼吸しろ、グラント。そんな顔で行ったら、姫さんが怖がるぞ」

ミカゲの言葉に、グラントの意識がようやくはっきりする。

鏡を見ずとも、自分がひどい顔をしていることは、ミカゲの反応から明らかだ。

昔からグラントは、ヒスイのこととなると我を忘れ、つい動揺しすぎてしまうのだ。

そのせいで取り返しのつかない過ちを犯したこともあり、以来そのときの記憶が、時折こうして不意打ちのように蘇る。

「また、あのときのことを思い出したのか？」

「ああ。近頃は、大分落ち着いたと思ったんだが」

「繰り返すが彼女の身が危険だとか、そういうことじゃない。あの子への脅威は、俺たちが既に取り払っただろう、忘れたのか？」

静かに諭され、グラントは頷いた。

（そうだ、彼女を脅かすものはもう何もない……）

脳裏をよぎった嫌な記憶を振り払い、グラントは自分にそう言い聞かせる。

「とにかく、会いに行けばわかる。少し驚くかもしれないが」

言いながら、ミカゲはグラントの背中を軽く叩く。

それから彼に連れられ、グラントがやってきたのは浴室へと続く扉の前だ。

「ヒスイ様、そろそろ出てきてください！　ヒスイ様？」

心配そうな顔で扉に耳を当てているシャルの姿を見た瞬間、グラントは中にヒスイがいるのだと直感する。

同時に、戸を叩くシャルの心配そうな声に、再び不安が膨《ふく》れ上がる。

「そこをどけ」

先ほど感じたものほどではないが、いても立ってもいられなくなった彼は、シャルを押しのけ浴室の扉に手をかける。どうやら中から鍵がかかっているらしい。

「待ってください、ヒスイ様が中に」

「知っている」

「あと、今は陛下に……」

シャルが何か言いかけたが、一刻も早くヒスイの様子を確認しなければと焦るあまり、グラントの耳にはもはや届かなかった。

「もし扉の側にいるなら、離れていろ」

短い確認の後、グラントは扉を勢いよく蹴破った。それと同時に中を覗くと、部屋の奥に置かれたバスタブの中で、何かふわふわしたものがビクリと揺れる。

「何があった、気分でも悪いのか？」

質問もそこそこに浴室内に入ると、ふわふわした何かがバスタブの中に身を潜めた。

「こ、来ないでください！」

悲鳴にも似た声で、グラントはバスタブにいるのがヒスイだと気づく。

同時に彼女から拒絶されたことにグラントは傷つくが、彼女への心配が勝り、躊躇うことなくバスタブまで近づいた。

「何があった」

バスタブの中を覗き込めば、頭からショールをかぶったヒスイが潤《うる》んだ目でグラントを見上げる。

（まずい、可愛いぞ……。潤んだ目は反則すぎる……）

うっかり邪念を抱きつつ、グラントはそっとバスタブの側に膝をついた。

それから彼は、ショールをぎゅっと握りしめているヒスイの手にそっと触れた。

「冷たいな、一体いつからここにいた……」

「色々あって、朝からずっと」

「バスタブの中で過ごしていたのか？」

「それは、午後からです。どうしても、直らなくて……」

「直らない？　何か、物でも壊したのか？」

尋ねると、ヒスイが先ほどより強くショールを握りしめる。同時にぽろぽろと涙をこぼし始める姿に、グラントは思わず戦いた。

「頼むから何があったか教えてくれ」

「教えたら、陛下は私を嫌いになるかもしれません」

「ならぬ」

「嘘です、だって陛下は……」

そこでまた涙をこぼすヒスイを、グラントは慌てて抱きしめる。

「顔は怖いかもしれぬが、私はそこまで心が狭い人間ではない」

「でも、見たら絶対嫌われちゃう……」

子供の様にぐずりながら、ヒスイがグラントを遠ざけようと彼を押しやる。

その弾みでヒスイの頭からショールがずれ、グラントは思わず息を呑んだ。

「その頭はどうした」

ずれたショールの下から現れたのは、鳥の巣《す》のようにこんがらがり、まとまりなく爆発したヒスイの黒髪だった。

見られたとわかり、ヒスイは慌ててショールを直そうとするが、ふわふわに膨らんだ髪はうまくショールに隠れず、そこでまた彼女は泣きそうな顔をする。

それからしばらくの間ショールと格闘していたが、最後は諦めたのか、ヒスイはこの世の終わりだと言わんばかりの顔でグラントを見つめた。

「いただいたオイルを使ったら、こうなってしまったんです」

その言葉に、今度はグラントの方が絶望を顔にはりつける。

「すまない、私がおかしなものを選んだばっかりに」

「陛下は悪くありません！　私が、組み合わせてはいけないオイルを混ぜてしまったのが原因で……」

ヒスイはそう言うが、よかれと思ってたくさん買ったのが徒《あだ》になったとわかり、グラントは申し訳なさが募る。

「効果が高いものを買い集めたのだが、混ぜてはいけないものもあったのだな」

「侍女たちに聞いたのですが、オイルは物によって成分が違うらしくて……」

そこでヒスイは、慌てた様子でグラントの身体を遠ざけようと腕を突っ張った。

「それに、あの、びっくりするような原料のものも使ってしまって、匂いも……」

「確かに、不思議な香りがする」

「臭《くさ》いですよね」

「そうは思わないが、少しツンとするな」

「それを臭いって言うんです！」

先ほどより更に強く身体を押され、グラントは渋々身体を引く。

ヒスイから香る匂いならどんなものでも心地よく感じてしまうのだが、この状況でそれを告げたら顰蹙《ひんしゅく》を買うに違いない。

「せっかく陛下に褒めていただいた髪なのに、臭いし、ガビガビだし、余計に傷むし、どうしたらいいかわからないんです。城の美容師にも、これは直せないと言われてしまって……」

そこでまたぽろぽろ泣き出すヒスイを抱きしめたかったけれど、抱擁を拒まれた後なのでグラントもまた、どうすればいいかわからなくなる。

そのまま途方に暮れていると、成り行きを見守っていたらしいシャルが、グラントの横に膝をついた。

「街の美容師を呼んで手入れをしてもらえば、きっとまた元通りになります。今だって、最初に比べたら少しはマシになったでしょう？」

「でも、それでも少し切らなければいけないって……」

「髪型が変わらない程度にしてもらえばいいんです。城の者が街一番の美容師を探していますから、きっと元通りになります」

母が子を諭すように、シャルが優しくヒスイに話しかける。すると僅かだが、ヒスイの表情が和らいだ気がした。

でもそこで、ヒスイは突然不安そうな顔に戻り、グラントを見つめる。

「でも城の外の人に頼んでもいいのですか？」

「もちろんだ」

「でも私のこんな姿を見せたら、そこから変な噂が立ったりしませんか？」

「そんなことは気にしなくてよい。それに実際、お前の髪をこうしてしまったのは私の責任だ」

むしろもっと怒って、責めてくれとグラントは思わずにはいられない。

だがやはり、ヒスイはここでも自分のせいだと言わんばかりに、首を横に振った。

その姿に余計罪悪感を抱きつつ、グラントはヒスイの頬をそっと撫でる。

「とにかく、今はその髪を直すことを考えよう」

「もし、直らなかったら？」

「切るしかないだろうが、かつらを作ることもできる。最悪、そこに黒髪の持ち主もいるしな」

そう言ってグラントが視線を投げたのは、入り口から中を窺っているミカゲだ。

「駄目です、あんな汚い男の髪をヒスイ様のかつらにするなんて絶対駄目です!!」

「娘に汚いとか言われると、父親としてはすごく傷つくんだけど……」

シャルとミカゲのやりとりに、ヒスイがようやく笑みをこぼす。それにほっと息をついて、グラントは彼女の手を取りゆっくりと立たせた。

そこでヒスイは少し冷静になったのか、恥ずかしそうに頬を染め、うつむく。

「ごめんなさい、子供の様に取り乱して」

「無理もない。むしろ、もっと騒いだり泣いたりしてもいいくらいだ」

「そんなことをしたら、陛下にもっと嫌われてしまいますから」

まるで既にグラントがヒスイを嫌っているような言い方に、彼は思わず眉間に皺を寄せる。

「別に嫌ったりはしない」

「でも、ただでさえ髪をこんなにしてしまって……」

「お前が無事ならよい」

「けれど、ひどい髪では街に出られないでしょう？　せっかく陛下の心証を良くできるチャンスなのに、むしろ悪化させてしまうかも」

「最悪それでも構わないのだ。そもそも、街に出る理由は私への心証を良くするためではない」

グラントの言葉に、ヒスイは驚いた顔で瞬きを繰り返す。

そういえば詳細を話していなかったなと思い立ち、彼はヒスイの肩にひっかかっているショールを持ち上げた。

「この前、お前の機織りを普及させたいという話をしていただろう。あの話がようやく進み、お前の織機を用いた簡易の織物工場ができたので、その視察に行ってもらいたいのだ」

そしてできるなら、織機の使い方を民に教えてやって欲しいと告げると、ヒスイの顔がぱっと華やぐ。

「もちろんです、私でよければ何でもいたします」

「よかった。織物の件はお前の発案ということにしてある故、是非その手で民に手ほどきをして欲しいと思っていたのだ」

だがグラントがそう言った途端、ヒスイの表情が僅かに陰る。

「えっ、でもあれは陛下が……」

「私の提案だと言えば、私を恐れる民たちは計画に猜疑心を抱く。その点お前は人望もあるし、民をまとめるのにうってつけだからな」

「むしろ、陛下が民のことを考えていてくださると教える良い機会ではありませんか。恐ろしいだけではなく、国の未来を考えていると示せるのに」

「私は、恐ろしいままでよいのだ。その方が都合のよいこともあるし、私自身、民にどう思われようと気にならない」

それからグラントはヒスイの髪を一房取り上げ、そっと口づけを落とす。

「だからその髪が直らなくても気に病む必要はない。私がお前をいじめていると言い出す輩もいるかもしれないが、気にはせぬ」

そもそも、全ては軽率にオイルを与えてしまったグラントが悪いのだから。

(私はヒスイの一部を傷つけてしまったのだ。それくらいの罰は受けるべきだろう)

「むしろ私は、指の一本でも失うべきなのかもしれない」

「と、突然何を言い出すのですか!?」

「お前の美しい髪を傷つけたのだから、それくらい……」

「い、いりません! 陛下の指の方がもっと大事ですし!」

そう言ってぎゅっと手を握られ、グラントは渋々考えを取り消す。

「私、頑張って髪を直します。そして織物の件も頑張りますので、絶対に馬鹿なことはしないでくださいね」

「わかった」

「絶対ですよ?」

ヒスイに強く念を押され、グラントは静かに頷いた。

第五章

ヒスイが視察のために街を訪れたのは、オイルの騒動から約一週間後のことであった。

緩やかに走る馬車の中から街を眺めると、今日も首都ディセルダは深い霧に包まれている。

それでも普段のヒスイであれば霧に目をこらし、街並みを観察するのに夢中になっていただろう。

だがどうにも、ヒスイの心は晴れず、彼女は落ち込んだ顔で馬車の座席に深く腰を下ろしていた。

「髪のこと、まだ落ち込んでいるんですか？」

隣に腰掛けていたシャルに声をかけられ、ヒスイは慌てて笑顔を作る。けれど無理をしているると、シャルは見抜いているのだろう。

「切ったところ、目立つかしら？」

「まったく目立ちませんが……」

「それだといいんだけど……。私の髪のこと、結局街で噂になってしまったみたいだし」

一週間かけて髪は元通りになったが、城に美容師を呼び出したことを知られてしまい、城下ではあらぬ噂が飛び交っているらしいのだ。

美容師は真面目な性格で、『王妃の髪の手入れをした』としか言っていないらしいが、そこに尾ひれがつき、いつものようにひどい噂へと発展してしまったのである。

「この前も新聞に、『国王は人殺しができないストレスから王妃の髪を虐待している』なんて書かれていたのよ。そのせいで私の髪はボロボロで、全部抜け落ちてしまっているんですって」

「それは許せませんね。ちなみにそれは、どこの新聞社ですか？」

静かに尋ねるシャルの声は恐ろしいほど冷たくて、ヒスイは答えていいのかと迷う。シャルは昔からヒスイをいじめる者に容赦がないから、下手に教えてはいけない気がした。

「べ、別に私の髪のことを言われるのはいいのよ。大変になったのは事実だし……」

でも問題は、髪の一件のせいで民の間でグラントが更に恐れられるようになってしまったことだ。

「グラント様のことを見直して欲しかったのに」

「ですが陛下自身は、それは望んでいないのでしょう？」

「そこも悩みの種なの。今回の視察にも同行していただきたかったのに、断られてしまって……」

織機の普及のため、街に出ることが決まった日から、ヒスイはずっと、「一緒に教えに行こう」とグラントを誘っていたのだが、結局最後まで色よい返事をもらえなかったのだ。

「グラント様は、今回のことを私の発案として進めたがっているの。でも、それが私にはどうしても受け入れられなくて」

グラントからは、「恐れられている自分は裏方に徹する方がよい」と何度も言われたし、それが理に適っているのも理解できる。

だが織機を普及させる計画は順調で、予想よりずっと民の反応もよいらしいのだ。ならばそれを利用して、グラントの印象を少しでもよくできないかとヒスイは思うのだが、結局説得はうまくいかなかった。

「本人がそれでいいと言うなら、放っておけばいいんですよ」

「確かに、陛下は周りにどう思われても仕方ないと言っていたけれど、その声がどこか寂しそうに聞こえたの……。それに誰だって、人から嫌われて生きていたくはないでしょう？」

グラントに恐ろしい一面があるのは確かだけれど、その一面ばかりが取り沙汰され、彼のよい面がまったく出てこないのはあまりに寂しすぎる。

「陛下は本当は優しいいし、フィリップ様よりよっぽど国のことを考えている……。なのに、そこすら理解されないなんておかしいと思うの」

「まあ確かに、あの方の政治手腕は優れているし、それが正当に評価されていない点は同意します」

シャルがそう告げると、それまで黙って向かいの席に座っていたミカゲがふっと笑みをこぼした。

「珍しく、あいつの肩を持つんだな」

「事実まで否定するつもりはないというだけです。結婚の件や、日頃のヒスイ様に対する態度には苛立つこともありますが」

「お前はホント、不敬罪で殺されかねんことを平気で言うな」

「本人がいないのだから、いいでしょう」

「まあな。それに正直、あいつは同じことを目の前で言われても気にしねぇだろうしな」

そしてそういうところがまたあらぬ誤解を生んでいるのだと、ミカゲは苦笑する。

「そんな奴だから、姫さんが気に病む必要はねぇよ」

「ですが……」

そう簡単には気持ちを切り替えられず、ヒスイはうつむく。

そんな彼女をしばらく眺めていたミカゲは、不意に馬車の窓を開けた。

「何をするつもりですか？」

シャルがいぶかしげに尋ねると、彼はヒスイたちにニヤリと笑った。

「予定を変更する」

「変更ってどういうことですか？」

「暗い顔のままじゃ皆が心配するだろ？　だから気分転換に、街を散策するのはどうかなと思ってな」

　シャルの問いかけに、ミカゲは明るく言い放った。その提案は、ヒスイにとっても魅力的だった。

「でも、いいの？」

「元々、別の用事もあって早めに城を出たんだ。その用事も早々に片づきそうだから、寄り道するのも悪くないと思ってね」

　ミカゲの言葉にはどこか含みがあり、何か事情がありそうだとヒスイは察する。

　するとその直後、馬車の横を突然黒い影が疾風のように駆け抜けた。

（今のは馬……？　それに、今乗っていたのって……）

「ただ、五分ばかりここで待機していてくれ。ちょっとばかり外が騒がしくなりそうだ」

　そう言いつつ、ミカゲは馬車をその場に停めさせ、シャルに目配せした。彼女が剣を握ったまま静かに頷くと、外へと飛び出していく。

「えっ、あの、一体何が……？」

　戸惑うヒスイが外を窺おうとすると、シャルが肩を抱き寄せ引き留めた。

「なるべく窓から離れてください。どうやら襲撃のようです」

「しゅ、襲撃……」

「ヒスイ様には秘密にするよう言われていたのですが、どうやらクーデターを企てる一味が城下に潜伏しているようでして」

シャルの言葉に、ヒスイは息を呑んだ。

「とはいえそれほど大きな組織ではないですし、我々の敵ではありません。今日も、かなりの数の兵士が護衛についていますし」

「そうなの？　てっきり、この馬車に乗っている人だけかと……」

「往来に紛れて警護をしてるんです。その上、強力な護衛が一人増えているようですし……」

どこか憎々しげな言い方にヒスイが首を傾げていると、突然外から、「大馬鹿者！」という聞き慣れた声がした。

（今の声って、まさかグラント様？）

気になってそわそわしていると、危機が去ったと確認できたのか、シャルが外に出てもいいと合図してくれる。

だが自ら外に出る間もなく、馬車の扉が開き一人の兵士が中を覗き込んできた。

「無事か!?」

外套《がいとう》のフードと厚手の襟巻きで顔を隠しているせいで表情は見えないけれど、声を聞けば相手がグラントだということはすぐにわかる。

「あの、どうしてここに……」

行く前は、「絶対に同行しない」と言い張っていたのに……と少し拗ねた気持ちにさえなっていると、フードの下でグラントが慌てる気配がした。

「何かあったらまずいと思い、こっそりついてきただけだ」

「それは、我々を信用していなかったと言うことですか？」

シャルの棘のある声に、グラントは躊躇いもなく頷いた。それにシャルはむっとしたようだが、彼が気にとめる様子はない。

「何事にも、万が一ということはあるからな」

「ですが、我々は有能な兵士です」

「自分を有能だという奴ほど、無能なのが世の常だ」

「なっ……」

シャルの頬が怒りで赤く染まり、ヒスイは慌てて彼女の手を握る。

「陛下も、さすがに言い過ぎです」

「事実を言ったまでだ。それより答えろ、怪我はないか？」

「ありません」

答えを聞いてもまだ納得できないのか、グラントはフードと襟巻きを取り払いながら、ヒスイの顔をじっと見つめた。

そこで初めて、ヒスイは彼がウィッグまでつけていることに気づき、僅かに噴き出す。

「何故笑う」

「すみません、あの、思っていた以上に変装が本格的だったので」

「当たり前だ、私だとばれたら困る」

「その茶色の髪も、とても似合っていますね」

褒めたのに、グラントはすぐまたフードをかぶってしまう。

(もっと見たかったのに……)

そんな思いが浮かぶうちに、胸の内にあった苛立ちはいつしか消えていた。

変装までしてきてくれたということは、きっと元々ついてくる気だったのだろう。そしてグラントのことだから、ヒスイが一緒にとごねたせいで共に行くと言い出しづらくなった可能性もある。

(だとしたら、怒っていても逆効果かも)

そう割り切り、ヒスイは彼の外套の裾をつかんだ。

「あの、これから街を歩こうとミカゲに誘われているのですが、よかったらご一緒にいかがですか?」

「それは取りやめだ。襲われたのに暢気に観光などできるか」

「あ、それもそうですね……」

もっともだと思いながらも、期待していただけにヒスイはついがっかりしてしまう。けれどそのとき、グラントの横からミカゲが強引に顔を出した。

「いや、むしろ今がチャンスだろう。賊はこの無愛想な兵士さんがあらかたぶっ飛ばしたあとだし」

「勝手を言うな。警備計画だって立てていないのに」

「それなら安心しろ。この先の市場には兵士を目一杯配置しているし、計画は俺がバッチリ立ててあるから」

「私は聞いておらぬ」

「言ったら反対すると思って、お前にだけ黙っていた」

あっけらかんと言い放つミカゲにはとりつく島がないと思ったのか、グラントは説明を求めるように、シャルを見つめる。

けれど先ほどの一言に相当苛立っていたのか、シャルはグラントを無視してヒスイににっこり微笑んだ。

「陛下がなさらないというなら、エスコートは私が」

「待て、それは私の役目だ」

珍しく、拗ねたような声をグラントがこぼす。そのまますいと手を差し伸べられ、ヒスイは戸惑った。

「あの、いいのですか？」

「……行きたいのだろう」

「は、はい！」

どこか不満そうなシャルにごめんねと言ってから、ヒスイはそっとグラントの手を取る。

彼の手を借り馬車を降りると、騒ぎがあったことが嘘のようにあたりは静かだった。

「少しだけだぞ」

「か、構いません！」

嬉しい気持ちが抑えきれず、ヒスイの声は明るく弾む。その上顔にも喜びが溢れていたのか、珍しくグラントの顔にも小さな笑みが浮かぶ。

「行くぞ。霧が濃いうちなら、我々の素性を知られずに歩ける」

「その変装なら、霧が晴れても絶対バレないと思いますよ」

「私がバレなくても、お前は目立つだろう」

それもそうかと髪を手で押さえると、グラントがヒスイ用の外套を取り出し、着せてくれた。

「頑張って綺麗にした髪だが、今だけは許せ」

そう言って優しくフードをかぶせられた瞬間、ヒスイは幸せのあまり呼吸すら忘れた。

彼女はふわふわとした足取りのまま、グラントに手を引かれ、歩き出したのだった。

＊＊＊

「陛下、向こうの通りはとても賑やかですが、何の屋台が並んでいるのですか？」

声を潜ませつつも、喜びを隠しきれない声で尋ねてくるヒスイに、グラントは思わずうめく。

すると、怒ったと誤解したのか、ヒスイがしょんぼりと肩を落とした。

「も、申し訳ございません。陛下と言ってはいけないのでした……」

別に構わないと言いたかったが、しょんぼりするヒスイが可愛すぎるせいで、グラントは結局それを言い出せない。

「そうだ、気をつけろ」

その上、口からこぼれるのは感情のない淡々とした声だけだ。

そのせいでヒスイが更に肩を落とすのを見て、グラントはまたやってしまったと後悔する。

気恥ずかしいのもあるが、昔からグラントは感情を声にのせることができない。

自分の本心を語ることも、あまりうまくない。

幼い頃はこうではなかったのだけれど、成長するにつれて自分の思いや感情を隠す必要に迫られ、彼は淡々とした表情と声を身につけざるを得なかったのだ。

それはいつしか彼の素《す》になってしまい、笑顔を向けてやることも、優しい声をかけてやることもできない。

頭の中では彼女を溺愛し、可愛いと連呼していても、どうしてもそれが表に出ないのだ。

それがヒスイとの関係をこじらせている原因だとわかっていたし、今も何とか優しい笑顔を作ろうと思ったが、表情筋を緩めようとあがくグラントを見た周りの兵士たちが「ひぃっ」と息を吞んでいるところを見ると、たぶん失敗しているのだろう。

「ちなみにこの通りは、南方からの行商人が多く店を出している」

結局、弁解も笑顔も諦め、グラントは先ほどの質問への回答を口にすることで空気を変えようと試みた。

するとともくろみは成功し、ヒスイの表情がぱっと明るくなる。

「南のものということは、スパイスなどでしょうか？」

「あとは宝飾品も多いな。砂漠の向こうの国では、質の良いルビーがとれるのだ」

「確かに女性のお客さんがたくさんいますね」

大通りを隔てた小さな通りを眺めながら、グラントとヒスイはそんな会話を交わす。

「行きたいか？」

「いいえ、大丈夫です。細い道は警護が大変でしょうし、宝石にはあまり興味がないので」

「お前は無欲だな。普通の女なら、買って欲しいとねだるところだぞ」

「ねだらなくても、陛下はよく贈ってくださるじゃないですか」

「つけないから、気づいていないのかと思っていた」

「どれもとても高価なものなので、普段使いをするのは気が引けて」

ヒスイの言葉に、グラントは内心ほっとする。

結婚してから今日まで、グラントはヒスイに似合いそうなドレスや宝石があれば贈っていたが、それを身につけたところをあまり見たことがなかったのだ。

「ならば何かの催しのときにつければいい。いずれ、お前には妻として社交の場に立ってもらうこともあるだろうからな」

「そうですね、そのときは是非使わせていただきます」

微笑みと共に言われ、グラントは思わず気分がよくなる。

そのまま彼女を抱き寄せたい衝動に駆られるが、もちろん人前でそんなことはできない。

ならばせめて手だけでも繋ぎたいと思うが、いざ繋ごうとしてもきっかけがつかめない。

（こんなことなら、馬車から降ろしたあと放すのではなかった）

あのままがっちり握っておけばよかったのに、照れくささから放してしまったことが今更悔やまれる。

「あ、今度はいい匂いがしますね」

そうしているうちにヒスイの興味は周りの景色へと戻ってしまい、今更手を繋ぎたいとは言えない。

「付き合い始めの恋人同士でもねぇんだから、手くらい繋げよ」

そんなとき、心の内を読んだような発言が耳元でこぼれ、グラントは驚き剣を抜きかける。

「馬鹿、その怖い顔やめろ！」

「ミカゲか……」

「他に誰がいるんだよ……」

「すまない、少し驚いたのだ」

素直に告げると、ミカゲは呆れた顔でグラントの肩を叩く。

「お前が背後の気配に気づかないなんて、相当あの子に入れ込んでるようだな」

「ああ、確かにヒスイが側にいると彼女のことしか考えられなくなる」

「そんなに好きなわりに、さっきから微妙な距離だよな」

「私だってできるならもっと近づきたいし手だって繋ぎたい」

けれど会話が途切れると自然と距離は開いてしまうし、今だってミカゲが側に来るなり、ヒスイは気を遣って離れてしまった。

そのおかげで情けない発言は聞かれずにすんでいるが、どうせならこんなむさ苦しい男ではなく彼女と並んで歩きたい。

「単刀直入に聞く、女の子と手を繋ぐにはどうすればいい」

「どうって、手をつかんで握るだけだ」

「それができないから質問しているのだが？」

「難しく考えるなよ。お前が得意な剣だと思って握ればいい」

「そんなことをしたら、あの細くて柔らかい手が折れてしまうのではないか？」

「そこはもちろん優しく握れよ」

もっともな指摘に、グラントは腕を持ち上げ拳をにぎにぎと動かしてみるが、うまくできる自信はなかった。

「ずっと不安だったんだが、お前、夜の方は大丈夫なのか？」

「夜？」

「……お盛んだという噂は聞いているが、その、本当にちゃんとできているのか不安になってな」

「自分でも不思議だが、欲情が振り切れると何とかなるものだ。……だがこういう、緊張感があるときは駄目だ」

「この状況のどこに緊張感があるんだ」

「彼女と街を歩くなんて、そんな夢のような状況で緊張しないわけがないだろう」

何せ、大勢の兵士たちが往来に紛れて取り囲んでいるとはいえ、これはれっきとしたデートである。

今だって心臓が止まりそうなほどドキドキしているし、時折こちらを仰ぎ見るヒスイと目が合うと意識が飛びそうになる。

「あんなに可愛い生き物が側にいるんだぞ。歩くだけで精一杯だ」

「重症すぎて、もう何も言えねぇわ」

そう言わずに助けてくれとすがりたかったが、ミカゲはグラントの腕をするりとかわし、シャルの方へと歩いて行ってしまう。

残されたグラントが彼を睨んでいると、不意に何かがグラントの左手の裾を引いた。

それに驚き横を見ると、いつの間にか側をヒスイが歩いている。

「あの、霧がまた濃くなってきたので、こうしていていてもいいですか？」

そう言って先ほどより強く袖を握られ、グラントの思考が停止する。

(これはまるで、手を繋いでいるようではないか!!)

正確には繋いでぃないし握られているのは裾だが、それでも十分な衝撃である。

「は、はぐれたら困るので、よかったらその、少しだけ……」

頬を赤らめ、か細い声でヒスイが告げる。もちろん断る理由もなく、グラントは彼女が握りやすいよう少しだけ身をかがめる。

「好きなだけ、握ってぃろ」

「ありがとうございます、握っています」

弾んだ声で言われ、グラントはあまりの幸福感にその場に頽《くずお》れそうになる。

だが倒れたら手が離れてしまうので、グラントは震える膝に力を入れ、歯を食いしばった。

その顔が恐ろしすぎて、周りにいた騎士たちや通行人がひぃっと悲鳴を上げていたが、幸せすぎるグラントはもちろん気づいていなかった。

＊＊＊

「ここが、目的地だ」

そう言ってグラントが足を止めたのは、城下町の中でも一番大きな商店の前だった。

（もう、着いてしまったのね）

目的地までの道のりは思っていた以上にあっという間で、ヒスイはつい寂しさを感じてしまう。

（でも元々、ここには仕事で来たのだもの……。気持ちを切り替えないと）

袖を握っていた指を外し、ヒスイは大きく息を吸いながら背筋を伸ばす。

「精一杯、務めを果たします」

頼りなさや子供っぽさを見せぬよう、ヒスイは表情を引き締めた。

するとグラントは小さく頷き、再び顔をフードと襟巻きで隠す。

「念のため側にいるが、事前の打ち合わせ通り私の名は出すな」

頑なな声に、ヒスイは頷く。グラントの名前を出さないことにはまだ納得していないけれど、それでも彼がここにいるのを軽々しく口にできないのはわかっている。

「頼りにしている」

いつになく穏やかな声と共に、グラントがそっとヒスイの頭を撫でる。

そうされると更に気持ちが引き締まり、ヒスイはもう一度頷いた。

それから彼女は、目の前の建物に改めて視線を向ける。

『イオグランデ雑貨店』と書かれたその商店は石造りの三階建てのもので、街にあまり来たことのないヒスイでも知っている有名店だ。

また雑貨店を営む店主リオンこそ、ヒスイから織物を買ってくれていた懇意の商人であり、顔を見たことはないが手紙でのやりとりは何度もしたことがある。

「商人に協力者がいると言っていましたが、リオンさんだったのですね」

「リオンはこの国だけでなく、大陸中に顔が利く商人だ。多くの国に店を持っているから、彼を通して品物を売るのが一番よいと思ってな」

そう言いつつ入り口の戸を開けてくれたグラントに続いて、ヒスイは店に入る。

「うわぁ、すごい！」

思わず感嘆の声を漏らしてしまったのは、店内に並べられた品物の多さだ。

一階は女性ものの衣類売り場のようだが、先ほど見た露店とは比べものにならない数の服が並べられている。

中には見たことのない素材のものもあり、どうやら異国で仕入れてきたものも取り扱っているらしい。

「ようこそおいでくださいました！」

品揃えのよさに驚いていると、店の奥から明るい声が響く。

はっと顔を上げると、奥から年若い一人の男がやってきた。

「ようこそ王妃様。私がこの店の店主のリオンです」

そう言って会釈するリオンの若々しさが、ヒスイはかなり意外だった。

彼とは手紙で何度もやりとりをしていたが、てっきり自分より一回りは上だと思っていたからだ。

「こうして直にお目にかかるのは初めてですね」

けれど穏やかな口調は、長年やりとりをしていた手紙の文体と重なるところがあり、やはり彼はリオン本人に間違いなさそうだった。

「お会いできて嬉しいです。そしていつも、お世話になっております」

「いえいえ、こちらこそヒスイ様の作ったものには大変儲けさせていただいております。それもあって、今日は是非協力させていただこうと思いまして」

言いながら、リオンはさりげなくヒスイの腕を取った。

「工場は、奥の倉庫を改装したところなんです。皆さんお待ちですから、さあどうぞ」

店内の解説をしながら、リオンは慣れた様子でヒスイをエスコートしてくれる。

そのまま店内を通り抜け、店の奥にある倉庫に入ると、次の瞬間、大きな歓声がヒスイを包み込んだ。

驚きつつ辺りを見回せば、そこにはたくさんの女性たちが笑顔でヒスイを待っていた。

「皆さん、ヒスイ様がいらっしゃるのを心待ちにしていたんですよ」

「私を？」

「ヒスイ様は人気がありますからね。そのお姿を一目みたい、直接教えを乞いたいと願う女性は本当にたくさんいるのですよ」

リオンが耳打ちした言葉は意外なもので、こうして目の前に女性たちがいなければ世辞だとしか思えなかっただろう。

けれどヒスイを見つめる眼差しは温かく、歓迎しているのは事実のようだ。

「今日は、お集まりいただきありがとうございます」

情けない姿は見せないように、声を震わせずに挨拶をしたつもりだったが、リオンには緊張を悟られているらしい。

彼はヒスイの腰に優しく手を置くと、彼女を安心させるように微笑んだ。

「心の狭い王族たちとは違い、民は皆あなたの味方です。だから気楽に接すればいいのですよ」

彼はこれまでの文を通して、ヒスイの境遇をそれとなく知っている。だからこそ、そんな言葉を耳打ちしてくれたのだろう。

「てっきりお世辞だと思っていました」

「王族の中で、慈善活動に熱心に取り組まれていたのはヒスイ様だけでしたからね。それにやはり、あなたの美しいお姿は我々に希望を抱かせる」

だからあなたを嫌う者などいませんと教えられ、ヒスイはほっと胸をなで下ろした。それと同時に、自分には大きな期待も向けられていると感じ、それを裏切らないように身が引き締まる。

「それでは、時間も惜しいですし早速始めましょうか」

そう言って微笑み、ヒスイは倉庫の前方にある台の上に上がる。

そこでリオンが作らせたという織機の作りを確認した後、彼女は早速使い方の指導を始めた。

＊＊＊

「ここに糸を順番にかけてください。慣れるまでは大変ですが、糸のかけ違いをしないことが、機織りでは一番重要なところなので頑張って」

はきはきとした声を響かせながら、ヒスイが機織りの実演をしていく。

時には壇上から下り、一人一人に直接指導もするその姿を見ていると、グラントは誇らしいような寂しいような気持ちになっていた。

「気弱な子だと思っていたが、存外そうでもないんだな」

「父上はヒスイ様を見くびりすぎです。あの方はああ見えて社交的で有能な方なんですよ」

すぐ側で交わされるミカゲとシャルの会話を聞きながら、グラントは自分もまた少し彼女を見くびっていたのかもしれないと思った。

ヒスイの織機と織物の技術が新しい雇用を生むとわかったとき、正直グラントは彼女にここまでの協力を仰ぐつもりはなかった。

彼女の知識は役に立つとわかっていたが、生活環境が変わったばかりの彼女に無理はさせたくなかったのである。

けれど織物の件を大臣たちに報告したところ、満場一致で『王妃様に手伝っていただこう』と言われてしまい、仕方なく打診したのだ。

彼らは皆、ヒスイに人気があることを評価しており、利用した方が良いと考えたのだろう。

グラントはその考えが気に入らなかったし反対もしたが、協力者であるリオンにまで『王妃様の名前を利用すべきです』と強く言われて渋々承諾したのだ。

リオンは元々ミカゲと同じくグラントの部下の一人で、頭の切れる男だ。

リオンは剣を振るうより諜報と金勘定に優れた男で、他国の情報を得るため商人になりすましていたところ、みるみる店舗を拡大してしまったという商売の天才だ。

その後軍は辞めたが、彼を通して他国や属州の情報を得ることは多々あり、そんな彼からの助言であれば無下にはできなかったのだ。

部下としても商人としてもグラントはリオンを信頼しているし、彼の言葉を感情だけではね除ければ、信頼関係が崩れる。だから、そのときは不満はあれど、彼の言葉に従ったのだ。

そして蓋を開けてみれば、やはり彼の言葉は正しかったのだろう。

この場に集まった女たちは熱心に学んでいるし、ヒスイの教え方もうまい。

集まったのは七十人ほどだが、その一人一人をちゃんと観察し、失敗しそうな者がいればさりげなく手を差し伸べる姿を見ていると、誇らしい気分になる。

だが一つ、どうしても面白くないことがある。

「それにしてもあの人、ちょっと距離が近すぎませんか？」

グラントが考えていたのとまったく同じ台詞が隣から聞こえ、彼は驚いて横を見る。すると、ミカゲの側にいたシャルがヒスイと並び立つリオンを睨んでいた。

グラントが抱いていたのと同じ苛立ちを、どうやらシャルも抱いていたらしい。

「あいつ、三度の飯より女の子が好きな奴だからなぁ」

「父上は知り合いなんですか？」

「俺の同期だよ」

「えっ、でも父上がローナン国軍に入ったのって二十年以上前ですよね？　しかしあの方は、どう見ても二十そこそこにしか……」

「童顔だし恐ろしいほど若作りだけれど、あいつああ見えてグラントより年上だから」

ミカゲに視線を向けられ、グラントは頷く。

「三十半ばぐらいではなかっただろうか」

「えっ、うそ!?」

驚いてから、国王に返す言葉ではなかったと思ったのだろう。

シャルは慌てた様子で口を押さえるが、グラントは気にしない。むしろ、リオンの年齢を聞いて驚かない方がおかしい。

「ヒスイ様と並ぶと同い年に見えるのに」

「それを利用して、女を取っ替え引っ替えしてんだよアイツ」

「そんな人をヒスイ様の隣に行かせていいんですか!?」

「一応分別はあるし、本気で口説くつもりはないだろう。リオンとグラントは仲が良いし、姫さんに手を出すことはしないさ」

むしろあの距離の近さは半ば嫌がらせだろうな……と呟いて、ミカゲはグラントにだけ聞こえるように声を潜めた。

「だから我慢しろよ。絶対あれは、お前をからかってるだけだ」

「わかっているが、近すぎる……」

「そうやって眉間の皺を深めるから余計に……。あっほら、今さりげなく肩に手を置いたのも、絶対お前の反応見たからだぞ」

「しかし何故そのようなことをする」

「そりゃあお前の反応が面白すぎるからだろう。そもそも変装までして、柱の陰からじっと見てたら変だ」

グラントにだって自分がおかしいという自覚はあったが、柱の前で見ていると、正体がバレてしまいかねないので仕方ない。

「リオンの距離が気になるなら、いっそ外に出ていたらどうだ?」

「いやだ、ヒスイを見ていたい」

「……じゃあもうちょっと普通にしろ普通に」

「私がヒスイの側にいて、普通でいられたことなどあったか？」

「ないな」

何を言っても無駄だと理解したのか、ミカゲはもうこれ以上何も言わないことにしたらしい。

呆れた顔で黙り込むミカゲから視線を外し、グラントは改めて女性たちの中をゆっくりと歩くヒスイに目を向ける。

(改めて見ると、彼女は本当に成長したな)

義理の父から向けられる憎悪に怯え、一人寂しく過ごしていた頃のヒスイを知っているグラントにとって、民に囲まれ微笑むヒスイの姿を見ていると胸が熱くなる。

『私は、誰にも必要とされない子なんだって』

そう言って、一人遊びをしていた小さな少女はもういない。彼女を妬み、憎み、孤独の世界に閉じ込めた存在はグラントが全て排除したし、今後、彼女を不幸な目に遭わせる輩を生み出すつもりもない。

しかし、いざ彼女がこうして生き生きとしているところを見ると、複雑な気持ちになるのも確かだ。

孤独な世界の中、彼女に手を差し伸べたのはグラントだけだった。だが孤独から解放された今、彼女を幸せにしたいと願い、手を差し伸べる者はたくさんいるだろう。

その中で、ヒスイがグラントを選んでくれる可能性はきっと低い。

「なあミカゲ、私はどうすればよかったのだと思う？」

「どうとは？」

「ただでさえ、私はヒスイに嘘をついている。その上で私は……」

彼女を幸せにできるのだろうかと、尋ねる言葉は出てこなかった。

その答えは尋ねてもわからない気がしたし、言葉を詰まらせた瞬間、鋭い視線が彼を射貫いたからだ。

「嘘をついているとは、どういうことですか？」

静かな問いかけは、シャルの口から発せられたものだった。

さりげなく距離を取り、声も抑えていたつもりだが、どうやら彼女はグラントとミカゲの会話を聞いていたらしい。

「盗み聞きとは感心しないな」

ミカゲが間に入り、困ったように笑う。だがその間も、シャルはグラントから視線を離さない。

「隠し事とは何ですか？」

問いかけに、グラントは答えなかった。その答えは、誰よりもまずヒスイに言うべきものだと思ったからだ。

「黙っていないで教えてください！」

「図に乗るな。お前は今誰に話しかけているのか、わかっているのか？」

声を荒らげるシャルを叱責したのはミカゲだ。彼の言葉に黙り込みながらもこちらを睨むシャルに、グラントはふっと笑う。

(そうか、この娘もヒスイのことが好きなのだな)

王にさえも喰ってかかる無鉄砲さを眩しく思いつつ、自分にも彼女のようなまっすぐさがあればとグラントは考える。

「すまん、こいつはまだ未熟で……」

押し黙るグラントに、ミカゲが静かに頭を下げた。

「別に構わん。その娘が私を嫌っているのは気づいている」

「よく言って聞かせる」

「職務を果たしているなら、無理に気持ちを曲げずともよい。私を嫌わないでいる方が、難しいのだからな」

そう言って、グラントはシャルとミカゲから視線を外した。

ヒスイに目を向けると、彼女は女性たちに囲まれ少し困った顔をしている。

不思議に思って聞き耳を立てると、どうやら女たちはヒスイにグラントのことを尋ねているらしい。

「恐ろしい王だと聞きますが、ひどいことはされていませんか?」

「あのような恐ろしい男と結婚させられて、本当にお労しい」

女たちの憂いに、ヒスイは、「大丈夫です」と返している。それでもそれを信じる者はおらず、ヒスイの身を案じるあまり泣いている者もいる有り様だ。

（私はどこまで行っても嫌われ者だな……）

そしてそれを苦だと感じることはもうないと思っていたけれど、そのせいでヒスイの側に立てないことには苦しさを覚えた。

けれどそんな想いを顔にも言葉にも出せず、グラントはただ静かに、ヒスイの姿を眺め続けることしかできなかった。

＊＊＊

すっかり日も暮れ、辺りの気温がぐっと下がり始めた頃、ヒスイは女たちに見送られながら城へと戻る馬車に乗り込んだ。

行きとは違い、馬車の中にいるのはヒスイとグラントの二人だけで、ミカゲとシャルは馬車の後ろについてくれている。

（こうやって、陛下と二人きりの馬車は結婚式以来だわ）

そのことにわくわくしてしまう気持ちを隠しながら、ヒスイは馬車の中からリオンと女たちに手を振った。

彼らが見えなくなるまで手を振り、そしてほっと息をつく。

予定の時間より少し長くなったが、ヒスイは無事に役目を終えることができた。

「疲れたか？」

静かな問いかけに、ヒスイはグラントを見つめ小さく頷く。

「でも皆さん熱心だから、思ったより大変ではなかったです。むしろ、楽しかったくらい」

「それならまた、頼むことがあるだろう。リオンから、今後も是非と言われているのだ」

「私でお役に立てるなら、いくらでも」

頑張りますと拳を握ると、グラントが小さく微笑む。

だがその顔はどこか寂しげに見えて、ヒスイは思わず彼の方へと身を乗り出した。

「どこか、お加減でも悪いのですか？」

「いや、普通だが」

「ですが、いつもよりお元気がないような気がして」

「薄暗い馬車の中だから、そう見えるのだろう」

グラントはそう言うが、光の加減だけではない気がして少し気になる。

(もしかして、色々と聞かれていたのかしら……)

機織りを教えている途中、ヒスイは何度となく女性たちにグラントのことを尋ねられた。

彼が恐ろしくはないか、彼にひどい目に遭わされていないかと憂う者は予想以上に多かったのだ。

遠くにいたとはいえ、あれほど何度も聞かれたらそのいくつかはグラントの耳に入っていただろう。

　そしてそのせいで彼が心を痛めていないかと、ずっと気がかりだったのだ。

「陛下」

　静かに呼びかけると、グラントが不思議そうに首を傾げる。

「私は、感謝しています」

「どうした、突然」

「私、陛下にちゃんとお礼を言っていなかった気がして」

「私は、礼を言われるようなことをした覚えはない」

「そんなことはありません、だって私、陛下のおかげで……」

　幸せだと言おうとしたけれど、その言葉は口にできなかった。

　突然、グラントが彼女を抱き寄せたからだ。逞しい大胸筋をぎゅっと押しつけられ、ヒスイは思わず赤面する。

　だがそれは甘い行為の前触れではなかった。直後、馬車が不自然に大きく揺れたのだ。

　どうやら速度を上げたらしいと気づき、ヒスイはグラントの腕が自分を抱きしめる理由を知った。

「身体を小さくしていろ」

　いつになく険しい声と共に、何かが馬車の窓を割り、飛び込んでくる。

「っ……！」

中に飛び込んできたものはグラントの額に当たり、大きな音を立てて床へ落ちた。

「陛下、血が……」

「かすっただけだ、問題ない」

その後も馬車の中には何度か石が投げ込まれ、それがグラントの肩や背に当たる。

彼が自分を抱き寄せたのはこれらから守るためだとわかった頃には、既に石の雨はやんでいたが、グラントを仰ぎ見ると右の額の辺りがざっくり割れている。

ヒスイは持っていたハンカチを慌てて傷に当てたが、グラントはそれを手で払う。

「構うな、お前が汚れる」

「汚れなど気にしません。それより傷をお見せください」

「本当にかすり傷だ。皮膚が薄いところだから血が出ているだけだ。大事ない」

「でも、当たったのは大きな石でした」

額とはいえ頭に当たったのだから、何かあったら一大事だ。にもかかわらず、グラントは危機が去ったか確かめようと立ち上がろうとする。

「座っていてください！」

「大丈夫だ」

「そんなわけありません！　ほら見てください、これが当たったのですよ？」

ことの重大さをわからせようと、ヒスイはグラントの額を切り裂いた石を拾い上げ突き出す。

（あれ……？）

そのとき、彼女はそれがただの石ではないと気づいた。

「どうした？」

「石に、何かがついているようで……」

手触りから察するに、石は紙に包まれているようだった。

怪訝に思い、巻かれた紙を広げ、ヒスイは息を呑む。

「これは……」

割れた窓から差し込む月明かりを頼りに目をこらせば、そこには荒々しい筆遣いでこう書かれていた。

『お前の母を殺したのはグラントだ』

それが自分へのメッセージだと察した直後、グラントがその紙を取り上げようと手を伸ばした。

だがその手は、空を切った。

まるで見えていないのではと思うほど見当違いのところに腕を伸ばし、グラントは小さくうめく。

「陛下！」

頭を押さえ、その場に頽《くずお》れたグラントにヒスイは慌てて腕を回した。

するとグラントがヒスイの腕をつかみ、虚ろな目で彼女を見上げた。

「……すまない、私はお前に……」

何か言いかけたあと、グラントはその場で意識を失った。

彼の額から流れ続ける血を押さえながら、ヒスイは大声で助けを呼んだ。

第六章

『お願いどうか……』

『頼む、どうか命だけは……』

闇の中、悲痛な叫びが、何度もこだましている。

それを聞きながら、グラントは一人、薄暗い墓地に立っていた。

(ああ、またこの夢だ……)

そう思ったのは、この場所の夢を見るのが初めてではないからだ。

歩いていたり、倒れていたり、状況は少しずつ変わるものの、夢の中で彼はいつも独りだった。

『お願いどうか……』

そしてどこからともなく聞こえる声に、彼の心はいつもかき乱される。

目を閉じ、耳を塞ぐが、終わりは訪れない。目を閉じたにもかかわらず、見たくない記憶が瞼の裏側に現れるからだ。

『お前が招いた結果だ、グラント。お前の浅はかな考えが、この女を殺すのだ!』

墓石に変わり、グラントの前に現れたのは兄フィリップの姿だ。

そしてその足下にはヒスイの母ミナトが倒れ、グラントに向かって必死に手を伸ばしている。

『お願いどうか……、助けて……』

先ほどより苦しげな声でミナトが繰り返すと、その腕を兄が乱暴につかんだ。

懇願は悲鳴へと変わり、痛みに泣き叫ぶ声がその場に響く。なのに、グラントはただその場に立ち尽くすばかりで、助けることができない。

『お前は何もできない』

兄が不気味に笑い、グラントを挑発する。

だがその直後、悲鳴がヒスイのものへと変わった気がした。

はっと目を開けると、二人の姿が消え、目の前には小さな墓石が一つ立っている。

そこに彫られた名前を見て、グラントは思わずその場に頽《くずお》れた。

(これは夢だ……、夢でなければこんな……)

墓石には、彼が最も愛する名前が刻まれている。それを消したくて、彼は冷たい石に爪を立てた。

そのまま血が出るほど強くヒスイの名を爪で擦り続けていると、崩れ落ちたグラントの側に兄が現れ、微笑む。

『これもまた、お前が招いた結果だ。あの母も娘も、皆私のものとなるのだ』

その言葉を聞いた瞬間、グラントは立ち上がり腕を振り上げていた。

先ほどまでは動かなかった身体が、今は自由だった。そしてその手にはいつしか剣が握られており、彼は刃を躊躇うこともなく振り下ろす。

すると兄の姿がかき消え、代わりに真っ赤な血にまみれた墓石だけが残された。

(大丈夫、これは夢だ……。この名前は、まだ消せる……)

血で濡れたヒスイの墓石に身を寄せ、もう一度その名前に指で触れる。

(誰にも、ヒスイは奪わせない……誰にも……)

目覚めの訪れない暗い夢の中、グラントは何度も何度も、自分にそう言い聞かせる。

そして彼はいつまでも墓石に寄り添い、虚ろな目でヒスイの名前を見つめ続けていた。

＊＊＊

医者の見立てでは怪我も頭の状態も問題ないと診断されたものの、夜が更けてもグラントの意識は戻らなかった。

昏々とベッドで眠り続けるグラントの側に腰を下ろし、ヒスイは彼の顔色を窺う。

血色は良くなってきたように見えるが、身じろぎ一つしないグラントを見ていると不安で胸が押しつぶされそうになった。

「ヒスイ様、そろそろ休みませんか？」

グラントを見つめていると、シャルがヒスイの肩に手を置いた。振り返ると心配そうな顔がヒスイをじっと見つめていて、少し申し訳ない気持ちになる。

「ごめんなさい、今はまだ陛下の側にいたいの」

「ですが、ヒスイ様もひどく顔色が悪いです」

「当たり前よ。陛下は私をかばってお怪我をされたんだから」

包帯の巻かれた額を見つめ、ヒスイは泣きそうになるのを懸命に堪えた。

けれどそのとき、ヒスイに向けられたシャルの視線が、僅かに厳しくなる。

「本当に、それだけが理由ですか？」

静かな問いかけに、ヒスイは顔を上げる。するとシャルが何かを差し出してきた。

「馬車の中で見つけました」

きつく握られたそれは、グラントの額に当たった石を包んでいた紙だった。

そして確かに、その紙に書かれた内容にヒスイの心がかき乱されているのは事実だった。

「そうか、奴らの本当の狙いはこっちか」

返事に迷うヒスイより先に、ため息と共に言葉をこぼしたのは、後ろに控えていたミカゲだ。

彼はシャルの手から紙を奪うと、眉を顰めながら内容を確認し、もう一つため息を重ねる。

「先ほど話していた隠し事とはこのことだったのですね」

「そうだと言ったら？」

「真実を教えてください！　奴らとは誰ですか……？　それに父上はこの手紙の内容について何かご存じなのですか？」

シャルが怒ったような声で尋ねると、ミカゲは彼女ではなくヒスイの方をじっと見つめる。

（この顔……、何かご存じなのね）

ヒスイを見つめるミカゲの目は、真実を聞きたいかと尋ねているようだった。

けれどヒスイは、悩んだ末に小さく首を横に振った。

手紙の内容について、気にならないわけではない。ただ、もし手紙の内容が真実なのだとしたら、話はグラントの口から聞きたいと思ったのだ。

「シャル、今はやめておきましょう。きっと、目が覚めたら陛下がお話しくださるわ」

「どうしてそんなことが言えるんですか！　この手紙が事実なら、陛下はヒスイ様を騙していたんですよ！」

「騙されていたのならなおさら、私は陛下からお話を聞きたいの。陛下は何の理由もなく嘘をついたり、人を騙すような方ではないから」

「目を覚ましてくださいヒスイ様！　陛下はあなたが思っているような善人ではない！」

そう言って、シャルがヒスイの手首を乱暴につかんだ。

いつになく強い力に、ヒスイは痛みを感じて小さくうめく。その声にシャルがはっと顔を強ばらせ、腕を放した直後――突然、何かがシャルの身体を強く突き飛ばした。

「私のものを傷つけることは許さぬ……」

ヒスイは床に倒れたシャルに咄嗟に手を伸ばすが、逞しい腕がそれを阻止した。

振り返ると、身体を起こしたグラントがヒスイの腰に腕を回している。そのまま力強く抱き寄せられ、ヒスイは背中から倒れ込むように彼にとらわれた。

「陛下……」

「腕を見せろ」

彼が無事かを確認したかったのに、グラントは強引にヒスイのドレスの袖をめくると、その腕を確認する。

つかまれた手首には僅かに赤い痕がついているだけだったが、グラントの表情は急に強ばった。

「ミカゲ、そこの女を今すぐ牢屋に入れろ」

「へ、陛下！　これくらいたいした怪我ではありません！」

「どんなに些細なものであっても、お前に苦痛を味わわせた者を許してはおけぬ」

あまりに冷たい声に、ヒスイは何か様子が変だと感じ、グラントを注視した。

その顔は真剣そのものだが、目はどこか虚ろで焦点が定まっていない。

（もしかしたら、怪我のせいで混乱なさっているのかも）

そう思ったヒスイは、宥めるように、グラントの胸にそっと手を置いた。

「少し驚いただけで、痛みはありませんでした。それより、今は陛下の御身《おんみ》が心配です」

それからヒスイはグラントの頬に手を添え、手首ではなく自分の顔を見るように促す。

グラントの眼差しは怒りに満ち、射るように鋭い。だがヒスイがじっと見つめていると、僅かばかりだがいつもの知性が戻った様に思えた。

「ずっと目が覚めないから心配していたのですよ」

「……どれくらい、寝ていた」

「九時間ほどです。頭や、傷は痛みませんか？」

「平気だ」

グラントの返事に、ヒスイはほっと胸をなで下ろす。

「良かった、本当に良かった……」

安堵すると同時に、ヒスイの目からはぽろぽろと涙がこぼれ出した。それに自分でも驚きながら、ヒスイは慌てて頬を拭う。

「ごめんなさい、みっともないところを……」

「みっともないとは思っておらぬ。そんなに擦るな」

いつになく優しい声で諭され、グラントの指先がヒスイの涙をそっと拭う。その手つきがあまりに優しくて、こぼれる涙の量は増えていくばかりだった。

「さっきの言葉は取り消す、外せ」

グラントの言葉に、ミカゲとシャルが部屋を出て行くのを感じながら、ヒスイはグラントの大きな身体に腕を回した。

「陛下の身に何かあったらと、ずっと不安で」

「本当に、心配してくれていたのだな」

「当たり前です。陛下に何かあれば、私は生きていけません」

「安心しろ。もし私が死んだとしても、お前がつつがなく暮らしていけるよう手は打ってある」

「そういうことを言っているのではありません！」

　ヒスイの声に、グラントが僅かに目を見開く。

「私はもう、愛しい人を亡くすのは嫌なんです。せっかく陛下に手が届く場所まで来られたのに、もう一人は嫌です……」

　言葉と共に大粒の涙があふれ出すと、グラントが慌てた様子でそれを拭う。

「頼むから泣くな。私は生きているしお前が望むなら死なぬ」

「でも、自分が死んだ後の準備をなさっているようだったから……」

「私は王だ。いざというときのことは常に考えねばならん。だが、こう見えても悪運は強いのだ。怪我をすることは多いがたいしたことではないものばかりだし、今ももう平気だ」

　穏やかな声に諭され、ようやく涙が止まる。

　それをじっと見つめていたグラントは、少し戸惑うように眉を寄せ、ヒスイを窺う。

珍しく困惑しているグラントの様子にヒスイが僅かに首を傾げていると、彼は躊躇いがちに口を開いた。

「一つ、確認してもいいだろうか」

「はい、何でしょう」

「お前はその、私のことが好きなのか？」

「えっ？」

質問の内容はあまりに予想外で、ヒスイは間の抜けた声を返してしまう。それをどう受け取ったのか、グラントの表情は途端に曇る。

「いやいい、今のでわかった」

「いえ、わかっておりません。その顔はわかっておりません！」

背筋を正し、ヒスイは真剣な顔でグラントを見つめた。

「驚いてしまったのは、まさか私の気持ちが伝わっていないとは思っていなかったからです」

「気持ち？」

「陛下をお慕いする気持ちです。負担にならぬよう節度は保ったつもりですが、それでも陛下への気持ちは溢れすぎているくらいだと思っていたので」

「では、お前は私のことが好きなのか」

問いかけに、ヒスイは頷いた。だが彼の前で改めて認めると、今度は申し訳なさが募ってくる。

「ごめんなさい」

「いや待て、何故謝る」

「だって、陛下にとっては迷惑なことかと」

「迷惑などと、思ったことはない」

グラントの言葉に、今度は驚きの言葉さえ出てこなかった。

「その顔は、どうやら私も誤解をさせていたようだな」

「ではあの、陛下は……」

「迷惑などと思ったことはない。むしろお前が向けてくれる好意が特別なものならよいと、ずっと思っていた」

そう言って、グラントはそっと顔を傾けヒスイの唇を奪おうとする。

だが吐息がかかるまで近づいた唇は、重なりはしなかった。

「だが、私はお前の好意を受け取る資格はない」

「陛下？」

「お前に、話さなければいけないことがある」

静かな声と共に、グラントの顔が遠ざかる。彼の顔に浮かんだ悲しげな表情に、ヒスイは彼が秘密を打ち明けてくれるつもりなのだと気がついた。

そしてそれは、ヒスイにとって辛いものだという予感がする。

（でも今ここで、ちゃんと聞いておかなければいけない気がする）

ようやく繋がりかけた心が離れてしまうかもしれないけれど、それでも今、彼の告白を無視してしまえば、それこそ永遠に彼とはわかり合えない気がした。

だからヒスイは静かに頷き、グラントの手をぎゅっと握りしめる。

「では、ついてきてくれ」


意識を取り戻したばかりのグラントの身体を気遣いつつ、ヒスイが彼と共に訪れたのは東宮殿の最も奥にある、古びた塔だった。

普段は使われておらず、危険だから入らないようにと言われていた場所だが、近づいてみると誰かが訪れている気配がある。

「あの、ここは？」

「王だけが入室を許される、特別な場所だ」

「そんな場所に入ってもよいのでしょうか？」

「私が許可するのだ、問題ない」

重い鉄の扉をあけて中へと入るグラントにヒスイは続く。

「ただ、少し嫌な気分になるかもしれないが」

「大丈夫です」

大きな手に引かれ、ヒスイは塔の階段を上る。そしてたどり着いたのは、様々なものが乱雑に置かれた広い部屋だった。

置かれているものに統一感はなく、家具や絵画のような大きなものから、本や手紙といったものまで様々だ。

「ここは、初代ローナン国王の時代からある古い部屋だ。王たちの間では『執着の間』と呼ばれている」

「執着の間？」

「『王たる者、常に民のためにあれ。己の執着を捨て、個を捨てよ』という戒めの言葉が代々伝わっていてな。王位継承者は皆、治政の邪魔となる個人的な感情や執着を捨てろと教育されるのだ」

言いながら、彼は側に置いてあった古びた髪飾りを取り上げた。

「王は、己の執着や欲望の象徴をこの部屋に捨てるのだ。そうすれば、己の中にある感情も消え、正しい王になることができるのだと言い伝えられている」

「では、ここにあるのは全て……」

「歴代の王たちが、切り捨てていった自らの一部だ」

グラントの言葉を聞き、改めて部屋を見回すと先ほどとはまた違った風景に見える。

「子供の頃に愛用していた玩具や、恋人からの手紙……。己の母親を描いた絵画など王たちが手放したものは様々だ」

「ならば陛下も、ここに何かを捨てたことがあるのですか？」

「……捨てようと思ったが、私はまだ捨てられずにいる。それに正直、物を捨てたくらいで人は変わらぬ」

言いながら、グラントは部屋の奥へと進んでいく。

「むしろ押し込めれば押し込めるだけ人は歪むのかもしれないと、私はこれを見て思ったのだ」

そう言ってグラントが指し示したものを見て、ヒスイは小さく息を呑む。

そこに置かれていたのは、家族を描いた大きな絵画だった。

描かれているのは国王とその子供たちのようだが、描かれた顔の大半は黒い絵の具で塗りつぶされていた。その有り様はひどく不気味で、見ていると背筋が寒くなってくる。

「これは、どなたが置いたものなんですか……」

「兄のフィリップだ。そしてこれは、彼と彼の兄弟を描いた家族の絵だった」

「では、陛下もこの中に？」

「一番ひどく汚されているのが私だな」

グラントの視線をたどると、絵の端にひときわ汚された子供の姿がある。

顔だけでなく身体全てを黒く塗りつぶされ、その上胸の辺りには何かで裂いたような痕までついていた。

「前王は、何故こんな絵を……」

「兄は昔から劣等感と自尊心が強い男だった。長兄であるため国王の座は約束されていたが、勉強も剣も他の兄弟の方が有能だと幼い頃から言われ、兄はずっと妬《ねた》んでいた」

「陛下も妬まれていたのですか？」

「年も近いし、幼い頃はよく比較されていた」

そこで一度言葉を止め、グラントは大きなため息をつく。

「兄は私にだけは負けまいといつも必死だった。だが幼い頃から勉強も剣術も私の方が上で、それが面白くなかったらしい」

そしてその妬みは、子供の持つ可愛らしいヤキモチの範疇には収まりきれなかったのだろうと、他の誰よりも黒く塗りつぶされたグラントの絵を見てヒスイは思う。

「自分が敵わないとわかると、兄は私の評判を貶めることを覚えた。最初は覚えのないいたずらや失敗を押しつけられる程度だったが、次第にその内容は私の人格や存在を貶めるものに変わってな」

「もしかして、陛下に関する悪い噂も全て……」

「始まりは全て兄だ。こちらが弁解できぬ状況を作り、巧みに周りを騙し、いつも私が悪者にされていた」

それが本当だとしたら、グラントは幼い頃からずっと、身に覚えのないことで責められ憎まれてきたのだろう。それを思うと当事者でないヒスイでさえ、胸が苦しくなる。

「やめてくれと頼んだが、兄は聞いてはくれなかった。むしろ私が懇願すればするほど当てつけはひどくなったし、私が苦しんでいる姿を見て楽しんでいる様子もあった……」

「誰かが、それに気づいて止めたりはしなかったのですか？」

「気づいた者は少なく、いてもすぐ私の側から遠ざけられてしまった。そのせいで味方はおらず、心を許せる人間は誰も側にいなかった」

ヒスイもまた周りから蔑まれ、孤独な生活を強いられていたけれど、それでもシャルや侍女たちがいた。

でもグラントには、きっと誰もいなかったのだ。

「その後私は無理やり軍に入れられた。そこで武勲を立てれば状況はマシになるかと思ったが、それを逆手に取られて今や戦闘狂扱いだ。ここまで来るともうあがく気にもなれなくてな。私を陥れて満足するならそれでもよいと思っていたのだが……」

グラントは、自分の他にも塗りつぶされた兄弟たちの顔をじっと見つめる。

「私が抵抗しないと知ると、彼の妬みは私以外の者にも及び始めたのだ。それは年々ひどくなり、私が長い戦争から帰ると、兄弟の半数は殺されていた」

見ろ、とグラントが指さした箇所を見ると、絵の中のグラント以外の兄弟には赤いバツ印が描かれている。

「兄弟は皆、戦争で死んだと言われていた……。だが後々調べた結果、全て兄の手による暗殺だとわかったのだ」

「でも、こんなに立て続けに命を奪えば、さすがに怪しまれるのでは？」

「もっと怪しい男が側にいたからな。むしろそれを狙って私の悪評を流していたのかもしれない」

確証はないがとグラントは告げたが、ヒスイはフィリップならやりかねないと思ってしまう。

何せ彼は、恐ろしいほど巧みに自分を装うことができる男だったのだ。

母に執着し、ヒスイを憎む顔は恐ろしいものだったのに、国民たちは皆その本性にまったく気づいていなかった。

代わりにグラントの名前ばかりが悪の代名詞として囁かれ、何故彼ばかりがと思っていたが、それも全てフィリップのせいだとしたら納得がいく。

「本性を隠し、良き王を演じられるのが兄だった。それに裏の顔を隠してくれる協力者にも事欠かなかったから、今に至るまで彼の悪事は明るみに出なかったのだろう」

「その悪事を国民に公開はしないのですか？　前王の悪行を知れば、陛下への印象も変わるのではないですか？」

「今公開しても、私が嘘をでっち上げたと言われるのがオチだ。私を疎み、世間に悪い噂を流す輩はまだ残っているようだしな」

グラントの言葉に、ヒスイは投げ込まれた紙のことを思い出す。

「では、昨日の騒ぎも……」

「私を疎む輩のものだろう。彼らは私に反感を持つ同志を募り、クーデターを企てているらしい」

「では、紙に書かれていたのも、陛下の心証を悪くするための嘘なのですか？」

ヒスイが尋ねると、グラントは僅かに視線を落とした。

「残念ながら、今回ばかりは事実だ」

「で、でも、陛下が私の母を殺す理由などないでしょう？」

「もちろんだ。お前のことも、お前の母のことも傷つけたいと思ったことは一度もない」

「それなら何故……」

「お前たちを傷つけたくないと、幸せにしたいと思ってしまったせいで、お前の母は死んだ」

苦しげな声を吐き出しながら、グラントは絵の中で唯一顔の塗りつぶされていない少年を見上げる。

「兄はずっと私を疎み、私が欲するものを奪っていく……。だから特別なものなど作らないようにと思っていたのに、私は……」

「ではまさか、お母様は前王に？」

「殺されたのだ。私と通じ合っていると誤解され、私の目の前で彼女は死んだ」

静かな告白に、ヒスイは胸を詰まらせる。

母が死んだとき、ヒスイは侍女たちから『急な病で亡くなった』と教えられた。そのとき、周りの者たちはヒスイを母の遺体に近づかせようとしなかった。

母の名を呼び、悲しむヒスイを宥めてくれた侍女たちはきっと、死の真相を知っていたのだろう。

「母は、どうやって亡くなったのですか？」

「それは……」

「お願いです、教えてください」

ヒスイの懇願に、グラントは気遣うように彼女を見つめる。けれど彼女の思いが強いとわかると、彼はゆっくりと口を開いた。

「兄は、私とお前の母が愛し合っていると誤解し、それを利用しようとしたのだ。奴は私を疎み排除したいと願っていたが、戦争に勝つためには私が必要だともわかっていたのだろう」

当時、戦場は日々拡大し戦況も芳しくなかったという話はヒスイも聞いていた。

そんな中、あまたの戦場を駆け、戦況をひっくり返したのがグラントだったのだ。

「だが私は、兄の手柄になるくらいなら戦場で死んでもよいとさえ思っていた。そんなとき、奴は視察の名目でお前の母と共に私の前に現れたのだ。『お前が戦を勝利に導き、その手柄を全て私のものにするなら、この女をくれてやる』と」

「それに、応じたのですか？」

「応じなかった。奴は私たちが抱き合っているのを見たと主張していたが、親愛以上の感情はなかったし、誤解だと突っぱねてしまったのだ。だが、私の態度に逆上した兄は持っていた剣でお前の母を……」

「……殺したのですね」

「すまない、私がもう少し思慮深くあればお前の母は……！」

声が途切れ、代わりにグラントは苛立ちを吐き出すように、壁に拳を打ちつける。

そのまま三度拳を叩き付け、グラントが歯を食いしばったとき、ヒスイは赤くなった彼の拳をそっと握りしめた。

「ご自分を責めるのはやめてください。母が亡くなったのは、陛下のせいではありません」

「だが私がもう少しうまく立ち回っていれば……」

グラントが自分を責める気持ちが、ヒスイには痛いほどわかった。

確かに彼の言葉が、ヒスイの母を死に導いたのは事実だ。

けれどヒスイは、彼を責める気にはなれなかった。

「遅かれ早かれ、同じ結果になっていたと私は思います。だって前王は、この部屋に捨てきれないほどの嫉妬を抱えていたのでしょう？」

壁に掛けられた家族の肖像画を見つめ、ヒスイは胸を押さえる。

「この肖像画がここにあるということは、きっと一度はその歪んだ感情を捨て、王であろうとしたのでしょう。けれど前王は、結局陛下以外の兄弟を殺害した」

それどころか、きっと彼はこの絵の前に立ち悦に入っていたのではないだろうか。

亡くなった王子たちの胸元に刻まれたバツ印には躊躇いが見られなかったし、むしろ嬉々として筆を走らせたように見えた。

きっと、彼は狂っていたのだ。そしてその狂気は遅かれ早かれ、フィリップが執着していた母に向かっていたに違いない。

「悪いのは全て前王です。あなたは、何も悪くない」

そう繰り返し、ヒスイはグラントの大きな拳をそっと開かせる。

「きっと、母もそう言うはずです。だから、もうご自分を責めないで」

壁に打ちつけられ、傷ついた手を撫でながら告げると、グラントの大きな身体がヒスイをぎゅっと抱きしめる。

言葉はなかったが、僅かに震える身体は今なお罪の意識に苛まれているのだとわかる。

きっと彼はずっと、表には出さないが悩み苦しんでいたのだろう。

グラントの苦しみを軽くしたくて、ヒスイは彼の大きな背中を優しく撫でた。

「母のことを隠していた私を、怒らないのか？」

「それも理由があったのでしょう？」

「自分勝手な理由だ。私はお前に嫌われたくないと、そればかり考えていた」

グラントはそこで再び謝罪の言葉を呟き、ゆっくりとヒスイの身体を遠ざける。

「真実を告げず、お前の気持ちを無視して無理やり王妃にした。もちろん贖罪《しょくざい》の気持ちもあったが、それ以上に私は……」

「私の側にいたいと、そう思ってくださったのですね」

ヒスイの問いかけに、グラントは小さく頷いた。

「兄に全てを奪われることが当たり前になってから、私はずっと大事なものなど作らなかった。……だがそこにお前が現れ、全てを変えてしまった」

ヒスイの頬にそっと触れ、グラントは彼女の存在を確認するように優しく肌を撫でる。

「お前への気持ちだけは手放せなかった。母の二の舞にならぬよう距離を置いてはいたが、叶うことならずっと側にいたいと、そればかり……」

「私もずっと、陛下のお側にいたいと思っていました」

「本当か？」

「はい。でも私はその、陛下はてっきり母のことが好きなのだと思い、一度は諦めたのです」

その昔、ヒスイは二人が抱き合っているところを見た。それを告げると、グラントは少し考え込む。

「もしかしたら、お前のことを頼まれたときのことかもしれない」

「私のことを？」

「お前の母は、兄の狂気がお前に及ぶことを予見していた。だから私にすがり、どうか娘を救って欲しいとそう願ったのだ」

彼の胸にすがり、涙をこぼしていたのは自分のためだったと知り、ヒスイは母の優しさに胸が熱くなる。そして同時に、今までそのことに気づけなかった自分が嫌になる。

「そんなことがあったのに、私は勘違いを……」

「傍から見たら、確かに誤解されても仕方のない状況だった。おそらく兄も同じ光景を見て、思い違いをしたのだろう」

言いながら、グラントは頬を撫でていた指先でヒスイの唇をそっとなぞる。

「自分でもおかしいと思っているのだが、私は一目見たときからお前だけに惹かれていた。この唇に、いつか口づけたいとまで思っていた」

「……してくださいますか？」

「お前が許すなら」

「もちろんです。それに私もずっと、陛下と……」

続けようとした言葉は、荒々しい口づけに遮られた。けれど舌を絡ませ吐息を重ねていると、自分の気持ちは彼に伝わっているのだとわかる。

「本当はずっと、この部屋にお前への気持ちを捨てなければと思っていた……。だがもう我慢などしない、私はお前を絶対に離さない」

「離さないでください。私も、陛下のお側にいたい」

「そんな言葉を聞けるなんて、夢のようだ」

いつになく優しい声をこぼし、グラントはヒスイを抱き上げた。

＊＊＊

逞しい腕に抱きかかえられ、ヒスイがグラントに連れてこられたのは、塔の側にある客人用の寝室だった。

「あの、ここは……」

「私たちの寝室まで、遠すぎる」

そんな言葉と共にベッドに寝かされた直後、グラントがその上にのし掛かり、ヒスイに荒々しい口づけを施した。

グラント自身がうまく身体を支えているので重さは感じないけれど、厚い筋肉で覆われた身体は壁のようで、非常に圧迫感がある。

けれどそれを恐ろしいとは思わない。むしろ、彼にとらわれているような感覚は、ヒスイの身体に愉悦の兆しを生み出していた。

「陛下……」

「一つ、我が儘を言ってもよいだろうか？」

「もちろんです」

彼に我が儘を言われるのは初めてだったから、ヒスイは嬉しいくらいだった。

「陛下ではなく、名を呼んで欲しい。それと、できるなら、敬語もやめて欲しい」

「でも、陛下は国王ですし……」

「二人のときだけでも構わない。お前がミカゲやその娘と親しく話す姿が、ずっと羨ましくてたまらなかった」

いつになく素直なグラントはどこか可愛らしくて、ヒスイは笑顔で頷いた。

「では、グラント様と……」

「様もいらない」

「ですがずっと、心の中ではそうお呼びしていたので、つい様をつけてしまいそうで」

「敬語も出ているぞ」

「これももう癖なので……。でも、頑張るから」

そして早速「グラント」と小さな声で練習をしてみると、次の瞬間、再び激しいキスの雨が降ってきた。

「お前は、どうしてそういちいち可愛いのだ」

「な……ンっ」

「可愛すぎて、大事にするどころか壊してしまいそうになる」

言葉の合間に、グラントの肉厚な舌がヒスイの口内を激しく犯していく。

乱暴に歯列をなぞられ、戸惑う舌を扱かれると、ヒスイの身体は早々に熱を帯び始めていた。

（でも、もっと……）

壊してしまうとグラントは言うが、むしろもっと激しくてもいいとヒスイは思う。

激しければ激しいだけ、それはきっと彼が自分を求めているということだ。言葉では好きだと言われたが、それでももっと確かなものが欲しくて、ヒスイは自らも舌を絡めグラントを求める。

「私も……我が儘を……言ってもいい？」

「ああ、好きなだけ言え」

「なら今日は、グラント様に触れたいです」

グラントの乱れた着衣に触れ、ヒスイはじっと彼を見つめた。

「いつも服を着たままでするから、それが寂しくて……。もしかしたら私に触れられるのが嫌なのかと、ずっと思っていて」

「すまない、そんなふうに誤解させるつもりはなかった」

頬に優しい口づけを落とし、それからグラントは、シャツに手をかける。

「ただ、私は見栄えのよい方ではないから、怖がらせてしまうかと」

「むしろ、逞しくて素敵な身体だとずっと思っていました」

「身体は鍛えているが、傷が多いのだ。それを見て、何度女に泣かれたことか……」

「何度、と言うことは、たくさんの女性に見せたのですか？」

自分でも驚くほど拗ねた声が出て、ヒスイは少し気まずくなる。けれどグラントは、うつむきかけたヒスイの顔に手をかけ、その頬を優しく撫でた。

「ミカゲや部下たちに下世話な心配をされて、無理やり娼館に連れて行かれたことがあるのだ。だが私の顔と身体が恐ろしすぎて、最後までできた試しがなかった」

「じゃあの、もしかして私が最初……ですか？」

「そうだ」

「でも、いつもすごくお上手で……」

「ヒスイとの結婚が決まってから、たくさんの本を読んで勉強したからな」

正直に白状してから、大きくうなだれる。

「だからいつも余裕がなくてな。内心ではずっと必死だった」

そしてそれを悟らせないようにするのにも必死だったと告げられると、ヒスイはようやく、今まで抱いていた違和感に合点がいった。

元々口数が多い方ではないが、グラントは身体を重ねるとき、いつも以上に無口になることが多かった。

特に最初のときは黙っている時間が長く、それを不安にも思っていたが、どうやらただ単に余裕がなかっただけらしい。

「この年で経験がないなんて、笑うだろう？」

「いえ、そんなことはありません。それどころかすごく嬉しくて……どうしましょう……」

男性が女性の初めてを喜ぶという話は知っていたけれど、その逆もあるのだなとヒスイは微笑む。

「ずっとグラント様を独占できたらって思っていたから、嬉しい」

「もう既に独占している。ずっと昔から、私の心はお前にとらわれたままだ」

ヒスイの反応に安心したのか、グラントは微笑みながらシャツを脱ぎ捨てた。

その下から現れた肌には無数の傷があり、中には火で焼かれたようなひどいものもあった。

(でも醜いなんて、全然思わないわ)

彼の傷は、この国を守るために彼が負った勲章《くんしょう》だ。そして、数々の戦いを乗り越え、グラントが今ここで生きていることの証でもある。

それを思うと、この傷の一つ一つが愛おしくなる。

「思っていたより、ずっと素敵」

そう言って、ヒスイは胸に刻まれた大きな切り傷にそっと口づけを落とす。

すると甘く熱い吐息がグラントの口の端からこぼれ、彼の瞳に劣情が灯った。

「私も、お前に触れたい」

伝える声と表情は、相も変わらず硬く険しい。

でも彼は決して怒っているわけではなく、険しさの中には自分への愛おしさがあるのだと、思いを伝えられた今ならわかる。

(グラント様は、私のことを心の底から求めてくださっている)

わかりにくいけれど、ヒスイはそう確信していた。

「私も、グラント様に触られたい」

「ならば、お前の全てに触れさせてくれ」

もう一度唇を奪ってから、グラントはヒスイのドレスを剝ぎ取っていく。

下着も脱がされ、何も身につけないままシーツの上に縫い付けられると、ヒスイの身体は不思議な解放感に包まれる。

キスを交わしながら、二人は直に肌を触れ合わせながら、抱き合う。

「グラント様の身体……熱い……」

「お前がそうさせるのだ」

それから二人は、長い時間をかけて、お互いの熱を確認し合った。

ゆっくりと体位を変え、肌で、唇で、互いの身体の隅々を探る。

早く繫がりたい気持ちもあったけれど、グラントの身体に触れ、あちこちにキスを落とす時間は甘くて手放しがたい。それはグラントも同じだったのか、彼もまた壊れ物を扱うようにヒスイの肌を撫で、身体のあちこちに口づけの痕を散らした。

「んっ……」

もう何度も経験していることなのに、グラントの唇が肌に落ちると、それだけで甘い吐息がこぼれてしまう。

「あぁ、そこ……」

特に日々の行為によって敏感になった乳房を舌がくすぐると、求めるような声までこぼれてしまった。

「ヒスイは、胸が弱いな」

「グラント様の……せいです……」

「私の？」

「毎日、いっぱい触るから……」

唇が離れても、胸の頂は淫らに膨らんだまま落ち着く気配はない。

「ちょっとじゃ、満足できなくなって……」

「私のせいだというなら、責任は取る」

言うなり、グラントはヒスイの乳房に喰らいつく。

「あぁッ……ぁあッ！」

先端を強く吸われ、舌先で巧みに転がされると、ヒスイの口からは喜びの声がこぼれて止まらない。

声が大きくなるにつれて舌使いは激しさを増し、口に含む乳房を時折入れ替えながら、グラントは淫らに熟れた二つの頂を的確に攻めていく。

「ああ……グラント……さまぁ……」

胸だけで達してしまいそうになる自分を恥ずかしく思いつつ、彼を求める気持ちはもう止められない。

ベッドの上でシーツをぎゅっと握りしめ、震える身体を必死に押さえつけるが、声と秘部から溢れ始めた蜜は隠せなかった。

太ももが濡れていくのを感じながら、ヒスイはグラントを見つめる。するとグラントも、乳房に喰らいついたまま、上目遣いに彼女の瞳を見つめていた。

捕食者を思わせる鋭い眼光に射貫かれると、それだけで身体が次の刺激を求めて震える。それどころか彼を急かすように、ヒスイは無意識に膝を立て、股を開いていた。

「そちらも、もう満足できなくなったか？」

乳房から唇を離し、グラントがヒスイの太ももにそっと手を当てた。そのまま蜜を拭いながら秘所に指をかけられると、それだけでビクンと身体が跳ねる。

「ここに、入れて欲しいのか？」

問いかけに、ヒスイは小さく頷いた。

「グラント様をもっと感じたくて……」

「私もだ」

ヒスイの腰を持ち上げ、淫らに開かせながら、グラントが小さく笑った。

彼は入り口をほぐそうと花弁に手をかけるが、ヒスイはいやいやをするように首を横に振る。

「お願い、すぐに……」

「だが、無理に入れれば痛むぞ」

「平気です……、それよりグラント様と早く繋がりたい」

「お前が望むなら、そうしよう」

ヒスイの懇願を受け入れ、グラントが男根の先端でヒスイの花弁を擦った。

それだけで彼女の身体は快楽に震え、淫らな欲望に思考が染め上げられる。

「入れるぞ」

挿入されるのはこれが初めてではないのに、グラントの先端がヒスイの扉をこじ開ける瞬間はいつも少し緊張する。

「あぁっ……すごい……」

けれど身体が強ばるのは一瞬で、ヒスイの中は彼の一部を呑み込もうと穏やかな蠕動《ぜんどう》を開始する。

「気持ちいいか？」

「はい、でも……これまでと……何かが……」

慣れた行為のはずなのに、いつも以上に深くグラントを感じる気がした。彼の先端が奥へと進むたび、感じたことのない幸福感と愉悦が身体から溢れて止まらないのだ。

（すごい……こんなに、きもちいいなんて……）

「今日のお前はいつも以上に淫らで美しいな」

「だって……あっ……そこ……」

「心地よいか？」

「はいっ、グラント様の……きもちいい……」

素直に答えると、グラントは彼女と肌を合わせるようにヒスイの上にのし掛かった。

そのまま腰を大きく動かされ、ヒスイの隘路をグラントは激しく抉っていく。

「あンッ、いっちゃ……いっちゃう……」

「達けばいい」

熱を帯びた声と共に子宮の入り口を強く叩かれた瞬間、ヒスイはあまりの衝撃に呼吸を止めた。

それだけでも達するには十分だったが、震える彼女の身体をグラントに抱き寄せられると、愉悦に多幸感が重なってヒスイの身体は激しく震える。

「ああっ……あああっん！」

思考が蕩け、ヒスイの意識は快楽の中に爆ぜた。幾度となく経験した絶頂だがその波はいつもより大きく、なかなかひいてはくれない。

「お前は本当に可愛いな」

その上グラントは、ヒスイが快楽から逃れる間を与えず、再び激しく腰を穿ち始める。

「グラント……グラント……」

強い快楽に溺れたヒスイは、もはや彼の名を呼ぶことしかできなかった。

好きだという気持ちや、彼が欲しいという欲望を伝えたかったが、もはや言葉が何一つ出てこない。

「ヒスイ……」

想いが言葉にならないのはグラントも同じだったようで、ヒスイの中を激しく穿ちながら、彼は何度も彼女の名前を呼ぶ。

彼の声は熱を帯びてはいるがあまり抑揚がない。だがそれでも、そこには確かに、自分を愛する気持ちがあるのだと、ヒスイはもう知っている。

「ンッ、ああっ……！　グラント、グラ……ントッ！」

次の絶頂がすぐそこまで迫っていることを感じながら、ヒスイはグラントの背中をぎゅっと抱きしめた。

そして二人は温もりと吐息を重ね、お互いの気持ちを確認するように、それぞれの名前を呼び合い、快楽の中で果てた。

第七章

長く激しい夜が終わりを迎え、グラントは意識を失ったヒスイを抱いて自らの寝室へと戻った。

汗と精液にまみれてもなおヒスイは美しく、その姿を見ただけでグラントの身体はまた熱を持ち始める。

(だが、さすがにもう無理はさせられぬな)

小さな身体でグラントの精を受け入れ続けたヒスイは、多少揺さぶっても起きないくらいの深い眠りに落ちている。

愛らしいその姿を見つめるだけで十分幸せだし、目が覚めれば彼女はまたグラントを受け入れてくれるだろう。

ならば急ぐことはないと、グラントは無理をせず、汚れた彼女の身体を清めることに専念した。

しかし、あとは髪を整えてやるだけというところで、グラントは私室の方から人の気配がすることに気がついた。

鋭く気配を読み、やがて大きなため息を一つこぼす。

（そうだ、あいつに一言釘を刺さねばならなかった……）

ヒスイのもとを離れることに名残惜しさを感じつつ、グラントはベッドを下りて私室へと移動する。

「……人の部屋に無断で忍び込むとは、感心しないな」

低い声で告げれば、窓際に置かれた書き物机の側で人影が動いた。

影はこちらを振り返り、そして不自然な体勢のまま固まった。

「グラント……、お前、王の服と威厳をどこにやったんだい？」

響いたのは、軽妙な男の声だった。

そしてそれは、グラントにとってなじみ深いものである。

「私の裸なんて、野営地で何度も見ただろう」

「見たくて見ていたわけではないし、ひとまずその元気すぎるものは早くしまっていただけるとありがたいんだが」

「この暗がりでわかるとは、相変わらず目がいいな」

「しみじみ言っていないで服を着てくれ。僕は女性の裸にしか興味がないんだ」

男の言葉に、グラントがベッドに置かれていたガウンを羽織ると、カーテンが引かれ、部屋には昇り始めた朝日が差し込む。

「これでマシになったか？」

「多少はね」

そう言って光の中に進み出たのは、グラントの元部下であり商人でもあるリオンだ。

「怪我をしたというから心配して来てやったのに、元気そうでげんなりしたよ」

「そんな理由で、お前が私に会いに来るわけがないだろう。……何か問題でも？」

「まあ、些細なものが一つ二つな。あっ、だが昨日の催しの方はなかなかの評判だぞ。次はいつ行うのかとずっと聞かれている」

楽しげな声で喋りながら、リオンは我が物顔でグラントの私室を歩き、ソファにどっかりと腰を下ろす。

その様子を咎めるでもなくぼんやり見つめたあと、グラントは少し考え込んだ。

「可能なら、ヒスイはしばらく外に出したくない。耳のいいお前のことだ、馬車でのことは知っているのだろう？」

「間抜けな男が石に当たって倒れたって話は聞いたな。その様子だと心配はなさそうだが」

「ああ。たぶん長いこと気絶していたのは怪我のせいではないだろうしな」

ヒスイには秘密にしていたが、一日時間を作るためにグラントはしばらく前から寝ずに仕事をしていた。

そもそも彼は常に多忙で、本来ならあんなに長い時間、外に出られる身分ではないのだ。

それにここ数か月は、暇さえあればヒスイと触れ合い、ろくに休息を取っておらず、疲労と睡眠不足が限界に達していた。そのため傷自体はたいしたことがなかったのに、死んだように眠り、なかなか目覚めることができなかったのだ。

そのことをリオンは知っているようで、彼は呆れた顔でグラントを見つめていた。

「長年こじらせていた初恋が実って浮かれているのはわかるけど、羽目を外しすぎじゃない？」

「……待て、お前にヒスイのことを話したことがあったか？」

「僕はこの国……いや大陸一の情報屋だよ？　知らない情報なんてあるわけないじゃないか」

得意げに笑い、リオンはだらしなくソファに横になる。

「それで、次はいつ彼女に会わせてくれるんだい？　彼女に織物の普及をさせるなら、また喜んで協力するよ？」

「実は少し悩んでいる。外に出て、また昨日のようなことがあれば困るからな」

「それならむしろ、近々彼女をまた城から出した方がいいと僕は思うけどね」

どこか含みのある言い方をして、リオンがゆっくりと身体を起こす。

その顔に浮かぶ不敵な笑みに眉をひそめたが、グラントは先を促さなかった。

「少し待て」

小声でそう告げると、グラントは音もなく入り口の扉に近づいた。

そして勢いよく扉を開け放つと、そこには見知った顔が二人立っている。

「盗み聞きとは感心しないな」

「言っておくが、俺は一応止めたぞ」

そう言って両手を挙げたのはミカゲだった。その側では、顔を青くしたシャルの姿がある。

「自分の娘の手綱くらい握っておけ」

「言うほど簡単じゃねぇんだよ。お前も子供ができたらわかる」

ミカゲの言葉に、グラントはうっかりヒスイとその子供を妄想しかけるが、それを察したリオンの咳払いで我に返る。

「その子、ヒスイちゃんの護衛だろう？」

「ああ。ミカゲの娘だ」

「なるほど、ミカゲが大事に大事にしている子ね……」

リオンがにやりと笑い、グラントの側へとやってくる。

「確かに可愛い子だね。それに、度胸もありそうだ」

「父親に似たんだろうな。度胸がありすぎて少々無鉄砲なところも含めて」

グラントの言葉で、シャルがゆっくりと顔を上げた。

気まずそうな表情はそのままだが、どこか反抗的な眼差しは先ほどより力を増している気がした。

「何を探りに来た？」

グラントが問いかけると、シャルは覚悟を決めたように小さく息を吸う。

「陛下が、何かよからぬことを企んでいるのではと思ったのです」

「聞き耳の成果はあったか？」

「……ヒスイ様に、ずっと恋をしていたというのは本当ですか？」

投げかけられた質問は予想外のもので、グラントは少し驚いた。

「本当だが、お前が知りたいのはそんなことなのか？」

「大事なことです。私ではなく、ヒスイ様にとってですが」

「どこまでも彼女が一番なのだな、お前は」

「あの方だけが、私を正当に評価してくださいますので」

そんなことはないだろうと思い、グラントはミカゲを窺う。だがミカゲは、これに関しては何も言うなと目で訴えていた。

「お前の心配はわかる。私もヒスイが一番大事だからな」

「そんな安い台詞で誤魔化さないでください。あなたは王で、王が一番に思うのは……」

「民だと、普通の王なら答えるだろうな」

グラントの発言に、シャルは僅かに目を見開く。

「だが私は普通ではない。王になったのも、この国を守ろうと思ったのも、全てヒスイのためだ。あの子が幸せに暮らせる場所を作る以外に、王座に座る意味などない」

「本気で言っているのですか？」

「この際だから正直に言うが、私はヒスイ以外のものにまったく興味が持てぬのだ。リオンやミカゲにはそれで怒られるが、これればかりは努力してもどうしようもない」

きっとそれは、幼い頃から兄に全てを奪われてきたせいなのだろう。

求めたものは全て奪われ、何かを望めば手に入れる前に壊される——。そんな仕打ちが続くうちに、グラントは何かを望み、得ようとする気持ちをなくしてしまったのだ。

それでもなお奪おうとする兄から他者を守ろうと、誰も愛さず愛される必要もないフリを続けているうちに、兄が流布した噂通りの、冷徹な人間の仮面をかぶるのが常になっていた。そして今や、それが自分の一部になってしまっている気がする。

「お前が私を疑うのは無理もないことだ。むしろその気持ちは誰よりも理解できる」

だからこそ、彼女を咎める気にならないのだろう。同時に、自分とシャルが似た者同士だとしたら、彼女のヒスイへの忠誠心は利用できるかもしれないと思う。

そしてその考えに達したのは、どうやらグラントだけではないらしい。

「とはいえ、このままお咎めなしにはできないでしょう？　王の部屋に聞き耳を立てるなんて重罪だよ」

そう言って微笑んだのはリオンだ。その言葉にシャルが表情を凍らせると、ミカゲが彼女をかばうように一歩前に出た。

「なら俺を罰しろ。部下の不始末は上司の責任だ」

「そう前のめりにならないでよ。僕だって可愛い女の子がひどい目に遭うのは見たくないし、いい提案があるんだ」

そこでグラントをチラリと窺ってくるところからして、彼がここに来た理由とその提案は関連しているのだろう。

「話してみろ」

静かな声で促すと、リオンは愛くるしいほどの笑みを浮かべ『提案』を語り出した。

＊＊＊

目が覚めると、ヒスイは一人きりで寝室のベッドに寝かされていた。

傍らにグラントの姿はなく、部屋はしんと静まりかえっている。

（私、寝過ごしてしまったのかしら……。なんだか今日は、いつもより外が明るい気がする……）

そう思うのに、身体が重くて起き上がるのも億劫だった。

寝起きはいいはずなのにと驚きつつも、身体のだるさには抗えず、ヒスイはもう一度目を閉じる。

（きっとシャルが起こしに来るだろうし、もうちょっとだけ寝てしまおうかしら）

そんなことを考えてうつらうつらしていると、控えめなノックの音がした。

シャルかと思い入室を促すが、現れたのは彼女ではなかった。

「なかなか起きていらっしゃらないので、ご様子を見に来ました」

そう言って現れたのは、ヒスイ付きの若い侍女だ。

「ごめんなさい、今日は睡魔に負けてしまったの」

「昨日の疲れが出たのでしょう。よろしければもう少しお休みになってください」

「そうね。……それなら、あと一時間ほど眠るからシャルに起こしてくれるよう伝えてくれる？」

そう言うと、侍女の顔が不自然に強ばった。

怪訝に思いつつ、毛布を巻き付けた半身を起こすと、侍女は慌てた様子で、手にしていた小さな封筒を差し出した。

「実は、シャルさんからこれを渡すようにと頼まれていて……」

「手紙？」

「何でも、急な配置換えがあったらしくて……」

それ以上のことは何も知らされていないのだと告げる顔に嘘はなさそうで、ヒスイはそれ以上の質問をする代わりに封筒を受け取った。

『ヒスイ様へ』と綴られた文字は確かにシャルのもので間違いないようだ。

「ありがとう、下がっていいわ」

ヒスイの言葉に侍女が退出すると、彼女は急いで封筒を開く。

『突然ですが、ヒスイ様の警護を離れることになりました』

そんな書き出しで始まる手紙の文章は、あまりに淡々としていて、シャルの気持ちが綴られていたのは、直接挨拶ができず申し訳ないという最後の一文だけだった。

配置換えがあったことにも驚いたが、何よりも衝撃だったのは素っ気ない手紙一つで別れを済まされたことだ。

時間がなかったのだとしても、普段のシャルはこんなに味気ない文章を書く子ではない。何度か手紙を送り合ったことがあるが、そのときの内容は何度読んでも笑ってしまうくらい感情的で、機知に富んだものだったのだ。

(何かがおかしい気がする……)

不安に駆られながら、ヒスイは何度も手紙に目を通した。けれどいくら読んでも現実感はなく、ヒスイの心は乱れるばかりだ。

(そうだ、誰かにシャルのことを聞こう。グラント様や、ミカゲならきっと知っているはず)

ようやくその考えに至った頃には、手紙を渡されてからずいぶんと時間が経っていた。

普段ならもう少し冷静でいられるはずなのに、自分でも驚くほどヒスイの心は混乱している。

気持ちを落ち着かせるよう大きく深呼吸をして、ヒスイは早速身支度を始めた。

それから一度私室に戻るが、やはりシャルの姿はない。

「起きてくるのが遅かったが、具合でも悪いのか？」

代わりに、どこか心配そうな顔で声をかけてきたのはミカゲだった。だがその彼も、いつもとどこか様子が違う。

「その顔、何かあったの？」

思わず尋ねてしまったのは、彼の頬に殴られたような痣ができていたからだ。

ヒスイの指摘にミカゲは何でもないよと笑うが、シャルがいなくなったことと何か関係がある気がしてならない。

「もしかして、これのせいですか？」

そう言ってシャルの手紙を差し出すと、ミカゲはそれを見てため息をこぼす。

「それは言えない……って答えなきゃならないんだが、逆に不安にさせるだけだよな」

「シャルに何かあったんですか？　急な配置換えって、どういうことですか？」

ミカゲに言い募ると、彼は落ち着けというように、ヒスイの肩を優しく叩いた。

「多くは語れないが、姫さんが不安がることは何もない」

「でも、彼女が急にいなくなるなんて……」

「軍に属する者ならよくあることだ。普通なら三年ほどで所属が変わるからな」

「けれど、シャルとはもう四年以上一緒にいます」

「特例だったんだよ。姫さんがシャルに懐いていると知って、グラントが裏で手を回してたんだ」

初めて知る事実に、ヒスイは驚く。

「女性の軍人は数が多くない上に、姫さんと年が近い奴はそういない。あいつはそこそこ腕も立つから、グラントはシャルをあんたの専属にしたんだ」

「それなら何故、今になって急に……」

「それは俺の口からは言えない。でもきっと、シャルはすぐに戻ってくるさ」

ミカゲはそう言ってくれるけれど、ヒスイの不安は拭えない。

（私、自分で思っていた以上にシャルに依存していたのかしら）

彼女の不在でこんなにも心が乱れるなんて思っていなかった。

冷静になることができず、それどころか少し気分まで悪くなってきて、ヒスイは苦しげに息を吐く。

「おい大丈夫か!?」

慌ててミカゲが支えてくれるが、ヒスイはその腕の中でぎゅっと目を瞑った。

それからすぐに立ち上がろうとしたが、再び目を開けると、周囲の景色は一変していた。

「……ヒスイ！」

最初に目に飛び込んできたのは、いつになく慌てた様子でヒスイを覗き込むグラントの顔だった。

いつもはきっちりと整えられている髪が乱れている上に、表情もやつれているように見え、ヒスイは驚いた。

「グラント様、どこか、具合が悪いの？」

尋ねた声は少し掠れていて、ヒスイは喉を擦る。

そして今更のように、自分がベッドに寝かされていることに気がついた。

「お前は倒れたんだ、覚えていないのか？」

「私が……？」

「そのあと、一時間ほど眠っていたのだ。どうやら少し熱があるらしい」

言われてみると少し頭がぼんやりしている気がした。いつもより身体がだるかったのも、きっと熱のせいだったのだろう。

だが一時間も倒れていた実感はなく、ヒスイにとっての気がかりは自分よりもシャルのことだ。

「グラント様、シャルが……」

「その話は後にしよう。今はゆっくり休まねば」

落ち着かせるように、グラントはヒスイの頭を優しく撫でる。

いつものヒスイなら、ここで冷静になりグラントに同意していただろう。

しかし今は、熱のせいか気持ちが高ぶり、彼の腕をぎゅっとつかんでしまう。

「今お話ししたいの。シャルは、シャルはどこにいるの？」

「別の任務を与えただけだ、お前が気にすることではない」

「気にしないでいられるはずがないわ、彼女は私の親友だもの」

強く言って、ヒスイは無理やり身体を起こす。止めようとするグラントの腕を強引に押しゃると、彼は驚いた顔でヒスイを見つめた。

「お願い、何か事情があるなら教えて」

「それは、言えぬ」

「言えないって、まさか危ない任務なの？」

心配のあまり泣きそうになるヒスイを見て、グラントは言葉に詰まったようだった。

彼は先を続けようか悩んだようだが、話を続けるより早く、ヒスイを診るためにやってきた医者が、部屋の扉をノックした。

「……まずは、自分のことを考えるのだ」

「私は大丈夫よ」

「それでもし、何かあったらどうする」

「私のことより、シャルの方が大事なの」

いつになくはっきりと告げると、グラントも珍しく苛立ちを隠さなかった。

「自分のことより彼女が大事だと、本気で言っているのか？」

「だって、彼女は私の大切な親友で……」

「では、私はどうなる？　お前にもしものことがあったら、残された私はどうなるのだ！」

あまりに激しい口調に、ヒスイだけでなく部屋に入ってきた医者や侍女たちもビクリと身体を震わせた。

凍り付いた部屋の空気に、ヒスイは言い過ぎてしまったと気づくがもう遅い。

「今は黙って診察を受けろ。お前を失うわけにはいかぬ」

「お、大げさよ……！　きっとたいしたことないわ」

「少しの間とはいえ倒れたのだ、異常がないとわかるまではこの部屋から一歩も出さぬ」

突き放すように言って、グラントはヒスイから遠ざかっていく。

「これは命令だ。ミカゲ、見張っておけ」

「グラント様、私……」

「今は何も聞きたくない。話なら医者としろ」

鋭い声でそう言われると、ヒスイはもう何も言い返せない。

グラントは足早に部屋を出て行ってしまい、ヒスイはうなだれたまま医者の診察を受けることとなった。

＊＊＊

「姫さんの身体は問題ないそうだ。医者の見立てだと、疲労からくる体調不良らしい。今は薬で眠っているが、起きた頃には元気になってるだろうってさ」

私室でミカゲからの報告を聞いたグラントは、ヒスイが眠っている隣の寝室へと目を向ける。

昼間言い争いをして以来、グラントはヒスイの顔を見ていない。忙しいせいもあったが、彼女が怒っているのではないかと思うと、足が遠のいてしまうのだ。

「彼女が無事ならよい」

「むしろ、俺はお前の顔色の方が心配だけどな」

「お前だって、ひどい顔をしている」

「お互い、可愛がってる相手に手ひどくやられたな」

言って、ミカゲが頰をさする。

その眼差しがどこか遠くを見ていることに気づいたグラントは、少し戸惑いながらも口を開いた。

「あの、シャルという娘のことが心配か？」

「父親を殴り飛ばすようなじゃじゃ馬だぞ、お前があいつに何を命令したかは知らんが、うまくやり遂げるだろう」

ミカゲは笑ったが、なんとなくそれが彼の本心ではないことをグラントは悟った。

シャルに新しい任務を与えることになったとき、ミカゲはそれを本気で止めようとしていた。

リオンが口にした任務は危険を伴うもので、護衛の仕事しかしたことのないシャルには荷が重いと考えたのだろう。

だが結局、シャル自身がそれを引き受けた。本気で止めようとするミカゲを殴り、『ヒスイ様のためになるなら何でもする』と言い放ったのは彼女自身だ。

そしてシャルは、任務を引き受けるのと引き換えに、新しい仕事のことはヒスイに言わないで欲しいと言ってきたのだ。

彼女を心配させたくない気持ちは自分も一緒だし、その願いは聞き届けるつもりだった。ヒスイは察しがいいから、「教えられない」と一言言えばわかってくれるだろうと思っていた。

けれど彼女は、グラントの言葉を聞いて、いつになく取り乱した。そのことに驚くと同時に、悔しさを感じていた。

ヒスイ自身よりもシャルの方が大事だと言い切られ、年甲斐もなく苛立ち、嫉妬してしまったのだ。

彼女が倒れたと聞き、ただでさえ気が動転していたのもあるだろう。その上、自分以外の存在を気にかける彼女の姿を見たことで、激情を抑えられなかった。

（本当に情けない……）

少し時間が経ち、冷静になった今は、なんと大人げなかったのだろうと思えるが、言ってしまった言葉は取り消すことはできない。

「……ヒスイは、怒っていたか？」

女々しくもそんな質問をすれば、ミカゲは苦笑を返す。

「怒ってはいないが、ずいぶん落ち込んでいた」

「その方が、辛いな」

「起きたら、謝りに行けばいい。姫さんならわかってくれるだろう」

「だが、そこでまたシャルのことを聞かれたら困る」

今は冷静だが、もしまた激しい感情に翻弄されたら、さっき以上の言葉をぶつけてしまうかもしれない。

「それにしばらくは私も忙しい。ヒスイのことは、頼んだぞ」

「それでいいのか？」

「それ以外にどうすればいいか、わからぬ」

我ながら情けないとは思ったが、ミカゲは何も言わず敬礼を返してくれる。

それにほっとしつつも、深く沈んだグラントの気持ちが浮上することはなかった。

＊＊＊

美しく配膳された朝食をぼんやりと眺めながら、ヒスイは一人、ため息をこぼす。

(今日でもう一週間か……)

このところずっと、ヒスイは一人で食事を取っている。

少し前までは、すぐ側にグラントがいたのに、忙しさを理由に彼は朝も昼も晩も、ヒスイと食事を取ることがなくなった。

置かれた食器もヒスイの分だけで、それが妙にもの悲しい。

そのせいか食欲もわかず、ヒスイはスープを少し飲んだだけで、他のものには手をつけられなかった。

(なんだかこの感じ、初めてここで食事をしたときみたい)

結婚式の晩、一人で食事をしたときもヒスイは少ししか食べられなかった。とはいえ、あのときは胸がいっぱいだっただけで、気持ちはもう少し明るかったように思う。

でも今は、不安と落胆ばかりが気持ちをかき乱し、どうにも気持ちを立て直すことができない。

物事を良い方向に考えるのは得意だったはずなのに、この一週間はそれがまったくできていないのだ。

こうなってしまったきっかけであるシャルとは未だ連絡が取れず、グラントともほとんど会えない。それどころか食事と入浴の時間以外はろくに部屋の外にも出してもらえず、そのせいで余計に気分が滅入ってしまう。

(せっかく想いが通じたと思ったのに、どうしてこうなってしまったのかしら……)

後悔とため息を重ねているうちに気分まで悪くなり、ヒスイは静かに椅子から立ち上がった。

「残してしまってごめんなさい、今朝はこれくらいにしておくわ」

食欲のないヒスイを心配し、様子を見に来た給仕係やシェフにそう告げる。その声にも覇気がなく、よけいに心配したシェフから『もし食べられるようなら』と甘い焼き菓子をいくつか手渡された。

それに礼を言って、ヒスイは私室へと戻る。

甘いものは好きなので、これならば食べられるかもしれないと、早速口に運んでみるが、甘い香りを感じた瞬間、僅かな吐き気を覚えた。

(勿体ないけど、これは無理かも)

そう思い、ヒスイは自分以上に甘いものが好きなシャルにあげようと、つい彼女を捜してしまう。

(そうだ、シャルはいないんだ……)

もう一週間が経つというのに、彼女がいないことをふとした瞬間忘れて捜してしまう。

(いい加減慣れないといけないのに、私ったら駄目ね)

大きなため息をこぼし、ヒスイは部屋の外に控えていたミカゲを呼んだ。

彼とはシャルを交えて何度かお茶をしたことがあるが、彼は娘以上の甘党なのだ。

「あの、よかったらこれ食べてくれないかしら？」

「おっ、いいのかい？」

部屋に顔を出したミカゲに焼き菓子を差し出すと、彼は大げさなほど喜んでくれる。

子供のようにはしゃぎ、すぐさま焼き菓子をつまむミカゲを見ていると、暗い気持ちが少しだけ和らいだ。

シャルとグラントが顔を見せなくなった今、彼の明るさはヒスイの心を穏やかにしてくれていた。

「最近、グラントと甘いもんを食う機会が減ってたから、ありがたいよ」

「最近ってことは、前はよくあったの？」

「あいつも甘いものが好きだからな。軍にいた頃から、よく二人で菓子やケーキを食ってたんだ」

体格のいい二人がケーキをつつく姿を想像し、ヒスイは思わず笑ってしまう。

「今、似合わないって思っただろ」

「その逆よ。可愛らしい姿が浮かんで、微笑ましくなったの」

「自分で言うのも何だが、おっさん同士で食べるケーキほど悲しいものもないぞ。それでもまあ、一人で食うよりはと思ってたわけだ」

「でも最近は一緒じゃないのね」

「グラントには可愛い嫁ができたからな。俺が誘っても、『どうせ食べるならヒスイと一緒がよい』ってつれないんだよ」

ひどい男だと笑うミカゲに、ヒスイはちょっとだけ申し訳ない気持ちになる。

「それなら、今度一緒に食べましょうよ。……と言っても、それがいつになるかはわからないけれど」

「まだグラントと仲直りできてないのか？」

「そもそも、お目にかかることもできなくて」

「今はちょっとばたついてるからな……。だけど明日には色々落ち着くだろうし、さすがにあいつも顔を出すだろう」

だから気を落とすなとミカゲは励ましてくれるけれど、ヒスイはグラントと前のような関係に戻れるかどうか自信がなかった。

それが顔に出ていたのか、ミカゲはヒスイを元気づけるように、頭にぽんと手を置いた。

「いつも前向きだった元気な姫さんはどこにいったんだい？」

「……それが、前の私はどこかに消えてしまったみたいなの。気持ちが落ち着かないと言うか、不安なことばかり考えてしまって」

そのせいで食欲もわかないのだと告白すると、ミカゲは不意に押し黙り、じっとヒスイの顔を見た。

「どうかした？」

「いや、もしかしたらと思うことがあってな。でも俺の考えが正しければ、たぶん気持ちが沈むのは悪いことじゃないぞ」

「そうなの？」

「ああ。色々なことが一度に起きた混乱もあるだろうし、いずれまた元の調子を取り戻せるさ」

ミカゲの言葉と笑顔に背中を押されると、少しずつだが気持ちが浮上していく。

「やっぱりミカゲはシャルのお父さんね。私を元気づけるのがすごくうまいわ」

「それ、あいつが帰ってきたときにもう一回言ってくれ。俺に似てるって言われると、あいつすっごく嫌そうな顔するから」

「嫌がらせるために、あえて言うの？」

「あいつの嫌そうな顔は可愛いからな、それが見たい」

シャルが聞いたら怒り出しそうなことを言って、ミカゲが「約束だ」とヒスイの背中を優しく叩く。

「そうだ、姫さんが元気になりそうなことがもう一つある」

そう言って、ミカゲが懐から出したのは綺麗な封筒に入った手紙だった。差出人の名前はリオンとなっている。

「急だけど、明日また織物の教室を開きたいらしい。グラントも許可したから、久々に外に出られるぞ」

「本当に？」

「ああ。外の空気を吸って羽を伸ばせば、気分も楽になるさ」

確かに、外に出られるとわかっただけで、ヒスイの心は既に軽くなっていた。

(教えているときは他のことを考えずに済むし、丁度いい機会かも)

そう思いながら、ヒスイはリオンからの手紙をぎゅっと抱きしめた。

＊＊＊

　翌日、ヒスイは馬車に乗り、リオンの商店へと向かった。

　前回とは違い、グラントとシャルがいないことに気持ちは沈んだが、自分を待ってくれている人たちに会えると思うと、城にいるときほど暗い気持ちにはならない。

「お待ちしておりました！」

　商店に着くと、今日もリオンの笑顔が待っていて、そのことにも少しほっとする。

　けれどそのとき、ヒスイはリオン以外の誰かにじっと見つめられているような気配を感じ、立ち止まった。

「どうした？」

　後ろに付き従うミカゲに尋ねられ、ヒスイは気配のことを言うべきか迷う。

「あっ」

　そこで思わず声がこぼれたのは、気配を追おうと視線を動かしたところで、見覚えのある後ろ姿を見つけたからだ。

「シャル！」

　続いて声を張り上げるが、シャルの後ろ姿は霧の中へと消えてしまう。

「ミカゲ、今シャルがいたの」

「見間違いじゃないか？」

「私がシャルを見間違えるわけないわ。ねえミカゲ、シャルのことを追いかけてもらえない？　私、どうしても彼女と話がしたいの」

「それは……」

ミカゲは一瞬躊躇いを見せるが、ヒスイはどうしても会いたいと懇願する。

「行ってきなよ、あんただってシャルのことは気になってるんだろう？」

援護してくれたのはリオンだった。

「今日はうちの私兵も総出で警護してるんだ。あんた一人抜けるくらい、どうということはないし、それに……」

そこで声を抑え、リオンは彼に何か耳打ちをする。

その内容は聞き取れなかったけれど、リオンの言葉にミカゲは表情を引き締め、頷いた。

「わかった。なるべく早く戻るが、リオンの側を離れるんじゃないぞ」

「もちろんよ」

「安心して、僕がこんな可愛い子を放すわけないから」

そう言ってリオンの腕がヒスイの肩を抱くと、ミカゲはシャルの後を追って駆けて行った。

「シャル、見つかるかしら」

「見つかるさ。あいつは娘のことになると人が変わる」

「そうなの？」

「グラント陛下がヒスイ様に抱いているものほどじゃないが、ミカゲにもああ見えて執着心はある。正直、お金にしか興味を抱けない僕には羨ましい限りさ」

冗談とも本気ともつかない台詞を口にすると、リオンは改めてヒスイの腕を取り、彼女を商店の中へ入るよう促した。

そのまま裏手の倉庫へと向かうと、そこには前回よりたくさんの人たちがヒスイを待っていた。

「これでも数を絞ったんだけど、希望者がとても多くてね。もしもやりにくかったら、数を減らすから言ってね」

「たぶん大丈夫だと思う。むしろ、こんなにたくさんの人に来てもらえて嬉しいわ」

シャルのことは気になるけれど、歓迎の声を前にして気もそぞろでいるわけにはいかない。

(ここでへまをしたらグラント様の評判にも響くし、頑張らないと)

ただでさえ気まずいのに、これ以上彼を落胆させるわけにはいかないと、ヒスイは気合いを入れ直す。

「本日はよろしくお願いいたします」

王妃らしい淑やかさを心がけながら、ヒスイは一礼し、早速織機と向き合った。

けれどいざ使い方を教え始めると、ヒスイはある違和感を抱いた。

来てくれた女性たちのほとんどは熱心なのだけれど、中にはどこか手つきが危うい者がいるのだ。

慣れていないせいで失敗するのは構わないが、話を聞かず、適当に糸をかけてはヒスイが直すということを繰り返している。

失敗を繰り返すのは十人ほどだが、その全員に目を配るのはなかなかに骨が折れる。

(私の教え方がわかりづらいのかしら……)

少し落胆しながらも、彼女たちの失敗にヒスイは根気よく付き合う。けれど皆集中力を欠いているのか、織機とは別の方をチラチラ見たり、どこか落ち着きがなかった。

「少しだけ、休憩にしましょうか」

見かねたヒスイがそう声をかけると、女たちは皆手を止めた。

するとリオンが、労うようにヒスイの肩を叩いた。どうやら、ヒスイが苦心していることに彼は気づいていたらしい。

「お茶と茶菓子でも用意させましょう。皆さんも、少しの間自由に過ごしてください」

そんな言葉と共に椅子を勧められたが、ほっと息をつけたのは少しの間だけだった。

参加者の一部が、ヒスイの方へと押し寄せてきたのだ。

前回もそうだったが、彼女たちは城やグラントの様子を聞きたがり、休憩時間ともなると彼女の周りには人が集まってしまう。

特に若い娘たちはヒスイに興味津々で、織物のことから城での生活に関することまで、矢継ぎ早に質問を投げかけてくる。

「一つずつ答えるから落ち着いて」

興奮する娘たちに微笑みかけて、ヒスイはどの質問から答えようかと少し悩む。

そのとき、一人の女性がヒスイの前へと歩み出た。

「陛下と、うまくいっていないという噂は本当ですか？」

突然響いた声に、ヒスイは表情を硬くする。

しかしすぐに冷静さを取り戻し、ヒスイは声がした方を見つめた。

こちらをじっと見ていたのは、どこか冷たい雰囲気を纏った女性だった。猜疑の眼差しを向けてくる彼女に戸惑いながらも、ヒスイは動揺を顔に出さないよう心がける。

けれどヒスイの心の内を暴こうとするように、その女性は更に言葉を重ねた。

「民は皆心配しているのです。心優しい姫君が、恐ろしい国王によってひどい目に遭わされているのではないかと」

女性の言葉に同意するように、他の女たちも、「心配しております」と続いた。

そこまで言われると、質問の答えを誤魔化すわけにもいかず、ヒスイは少し考え込んだ。

ただでさえ落ちているグラントの評判を、これ以上悪くするわけにはいかない。だがヒスイに向けられる眼差しの多くは心の底から彼女を心配しているように見えて、嘘をつくのは心苦しい。

（いえ、嘘をつく必要はないのかも……）

彼女たちの多くは、グラントをひどい男だと思っている。それを頭ごなしに否定しても、きっと受け入れてもらえない。

ならばありのまま、彼の印象を語るべきなのではないかと、ヒスイはふと思ったのだ。

「正直に言うと、確かに今うまくいっていないの」

ヒスイの言葉に、女たちは何があったのかと口々に問いかけてくる。その勢いに、側にいたリオンがやめるよう言いかけたが、ヒスイ自身がそれを止めた。

「でもそれはひどい目に遭ったからではないわ。むしろ陛下は少し、過保護すぎるの」

ヒスイの言葉が予想外だったのか、女たちは怪訝そうな顔で言葉の続きを待っている。

「ちょっと熱を出したくらいで部屋から出してもらえなくなるし、前に一度、私が薔薇の棘で指を刺したときには『庭園に植えてある全ての薔薇を抜け』なんて言い出したのよ」

「それは、本当ですか……？」

おずおずと尋ねてきた若い女性に、ヒスイは大げさなほど不機嫌な顔をしてみせた。

「さすがにやめさせたけれど、あの方は頑固だから説得するのにずいぶん骨が折れたわ。でも……」

そこで言葉を切り、ヒスイは自分の言葉を待つ女たちに穏やかな目を向ける。

「少し過剰なところがあるけれど、それもこれも大切なものを守るためなの。あの方は不器用で、やりすぎなところがあるけれど、いつも私や民のことを考えて行動しているわ。だから今は少しうまくいってないけれど、私は陛下と仲直りをしたいと思っているの。そして陛下と民たちの間にある溝も、いつかなくなればいいと思っているわ」

心からの言葉を一つ一つ重ねていくと、ヒスイの話に耳を傾けている者たちの顔が、僅かだが変わった気がした。

心配の眼差しは穏やかなものへと変わり、「今のお話が本当なら、グラント陛下はヒスイ様を溺愛しているのね」とひそひそ話す声も聞こえる。

(溺愛か……。確かに、陛下が私に向けている愛情は、そう言っても過言じゃないかも)

だからこそ、不用意な言葉で彼を傷つけてしまったことが、今更のように悔やまれた。

けれど仲直りをしたいと言葉に出したからか、昨日までとは違い気持ちは前向きだった。

(いつまでもウジウジしていないで、帰ったら陛下に会いに行こう)

そしてもう一度ちゃんと、彼と話さなければとヒスイは決意する。

吹っ切れたおかげで気持ちも明るくなり、ヒスイは嘘偽りのない笑顔を周りに向けることができた。

そして、「そろそろ作業に戻りましょうか」とにこやかに言えば、女たちは自分の場所へと戻り始める。

「今ので、うまく誤魔化したつもりですか？」

けれど、最初に質問を投げかけたあの女性だけは、未だその場に残り、疑いの目を向けていた。

「あの残酷王が姫を溺愛しているなどと、あり得ない作り話です」

「……彼が残酷であることは否定しないけれど、だからって彼が人を愛さないと決めつけないで欲しいの。誰だって二面性はあるし、それを言ったら前の王にも民には見せない恐ろしい顔があったわ」

「フィリップ様を愚弄するのですか！」

激しい口調にリオンが警戒の目を向けるが、ヒスイはそれを恐れることもなく椅子から立ち上がる。

「私はただ、事実を述べたまでよ。グラント様と同じようにフィリップ様にも残酷な面はあったわ。それはいずれ皆も知ることになると思うけれど、それを聞いてどう考えるかはあなた方の自由だと思う」

グラントを見直してくれるきっかけになればと思うけれど、長い時間をかけて広がり続けた彼の悪評の全てを消すことはきっとできない。

中にはフィリップの悪行を信じない者もいるだろう。グラントが言っていたように、前王の評判を落とすためのでっち上げだと言う者も出てくるはずだ。

けれどそれはもう、諦めるしかないのだ。無理やり世論を曲げれば、それこそ新しい災いの火種になるかもしれないと、自分を睨む女を見てヒスイは思う。

「あなたが陛下を悪く言うのも止めない。けれど私が、ありのままの陛下について語る権利を奪うこともできないはずよ」

「ありのままだというなら、彼の恐ろしさを語ればいいのです」

「残念だけれど、彼は私に恐ろしい顔をなさらないから無理よ。確かに、あの通り顔は怖いかもしれないけれど、心は優しい方よ」

ただやっぱり顔は少し怖いけど、と冗談を交えれば、あちらこちらで笑いが起こる。

それが面白くなかったのか、ヒスイに喰ってかかっていた女性が目に角を立てた。

彼女は何かを言いかけたが、そこで突然、倉庫の扉が開き、慌てた様子の兵士が駆け込んできた。

だが彼の言葉を待たずして、その場にいた者は彼が来た理由を察した。

「城に火が!!」

開け放たれた扉の向こう、遠くに見える王城に火の手が上がっていたのだ。

燃えているのは国王の住まいがある東宮殿の辺りで、ヒスイは不安で倒れそうになる。

けれど、日が浅いとはいえ自分は王妃なのだ。自分が取り乱せば、周りの女性たちを更に不安にさせてしまうと言い聞かせ、彼女は冷静さを保とうと大きく深呼吸をする。

「落ち着いて。火の手は遠いから、少なくともここは安全よ」

宮殿と城下町の間には広い庭園と大きな城門があるから、街まで燃え広がることはないとヒスイは皆を落ち着かせる。そうしていると、一人の老婆がフラフラとした足取りでヒスイの前に進み出た。

「私の娘が城で働いているんです！」

涙を堪えながら訴える老婆に、ヒスイはそっと寄り添う。

「城には有能な兵士たちがいるから、きっともう既に皆を避難させているわ。もし不安なら娘さんの安否を調べるから名前を教えて」

老婆を落ち着かせながら、ヒスイは努めて冷静に言葉を返す。

そのとき、先ほどの女が老婆を突き飛ばし、ヒスイの前に飛び出した。

「そもそも、あの騒ぎは国王のせいでしょう！　私は聞いたんだ、悪しき国王を倒そうとクーデターを企てている者がいると」

「……それを知っていて黙っていたのだとしたら、あなたも罪に問われるわよ」

「残酷王と、その王に賛同する姫に、罪を問う資格はあるのですか？」

「もしあの火があなたが言うようにクーデターによるものだったら、王だけでなくこの人の娘さんも巻き込んだことになるのよ」

倒れた老婆を支えながら告げるが、女はなおも怒りを隠さない。

そのとき、ヒスイは自分を睨んでいるのが彼女だけではないことに気がついた。

多くの女たちはヒスイの言葉に落ち着きを取り戻しつつあったが、その中に鋭い眼差しがいくつも紛れている。

「リオンさん……」

「安心してください、問題はありません」

ヒスイが言葉を発するより早く、リオンが穏やかに微笑む。

「もうすぐ、嵐がやってきますから」

その笑顔と、言っていることがかみ合っておらず、ヒスイは首を傾げる。

だが次の瞬間、リオンの言葉の意味を理解した。

「邪魔するぞ」

鋭い一言と共に、倉庫の入り口に姿を現したのはなんとグラントだったのだ。

彼の無事にヒスイはほっと胸をなで下ろすが、倉庫のあちこちから悲鳴が上がり始め、安心している場合ではないと知る。

声に驚き辺りを見れば、先ほどヒスイを睨んでいた一部の女たちが、周囲の者たちを蹴散らし、乱暴な足取りでグラントの方に向かっていった。

その上護衛だと思っていた一部の兵士も、抜き身の剣をグラントへと向けていた。

「陛下！」

「問題ない、そこにいろ！」

ヒスイに素早く声をかけ、グラントは自分に向かってくる兵士を軽々と切り伏せた。

鮮血が飛び散り、女たちがパニックになって逃げ惑うが、彼は敵だけを的確に打ち倒していく。

「みんな、危ないから壁際へ！」

できるだけ周りを落ち着かせようとヒスイが声を張り上げると、一部の女たちが彼女の方へと視線を向けた。どうやら正攻法ではグラントに勝てないと悟り、ヒスイを狙う作戦に変えたようだ。

（下手に捕まって、人質にでもされたら……）

それだけは避けねばと思い、壁際まで後退するが、女たちの動きは予想外に速かった。

だが、ヒスイを捕らえようと腕を伸ばしたところで、女たちが次々と倒れ始めた。

「ご無事ですか！」

聞き覚えのある声に顔を上げると、少し離れた場所でシャルが弓を構えていた。

彼女が射る矢の間を縫い、残党を片づけているのはミカゲとリオンだ。

二人の息の合った連係によって次々と残党は倒され、ヒスイに言葉と怒りを向けていたあの女も、シャルの弓によって膝をついていた。

「捕らえよ、しかし命は奪うな。この者たちには聞きたいことがあるからな！」

グラントの命令によってリオンの私兵たちも加勢し、見る間に敵は倒されていく。

そんな中、誰よりも多く敵を切り伏せているのはやはりグラントだ。

その太刀筋は容赦がなく恐ろしいが、その分彼が味方であることはひどく頼もしい。

「この者たちを捕らえて城に連れて行け。逃げた者がいないか、辺りを捜索せよ」

最後の一人を切り伏せ、グラントが声を張り上げると、控えていた兵士たちが倒れた者たちを外へと引きずっていく。

「まったく派手にやってくれたね、僕の倉庫がめちゃくちゃだ」

引っ立てられていく者たちを眺めながら、リオンがそうぼやく。そういう彼もさりげなく何人か切り伏せていた気がしたが、ヒスイがそれを指摘するより早く、グラントが遠くでヒスイの名を呼んだ。

容赦のない剣捌きのせいで、ヒスイへと近づいてくるグラントは血まみれだった。

その姿に、周囲にいた者たちは息を潜め、中には今にも失神しそうな者もいる。

「グラント様っ！」

けれど危機が去ったと実感した瞬間、ヒスイは勢いよくその場から駆け出していた。

その勢いにグラントの方が焦ったらしく、彼は慌てて腕を広げ、飛びついたヒスイを優しく抱きとめる。

「ご無事ですか？」

「それはこちらの台詞だ」

そこでもう一度無事かと確認され、ヒスイは笑顔で頷いた。

「クーデターが起きたと聞いたのですが、グラント様の方はご無事だったのですか？」

「全て鎮圧したので問題ない。燃えているのも外れの塔だけだし、もう消えている頃だろう」

グラントの言葉にほっとして、ヒスイは彼の胸にそっと頬を寄せた。

「あまり寄ると、血がついてしまう」

「構いません、今は陛下がご無事だと実感したいのです」

先ほどは冷静になれたけれど、ほっとすると今更のように恐怖がこみ上げてきて、グラントにすがりつく腕も震えてしまう。

「怖がらせて悪かったな。城にいるよりも、ここにいた方が安全だと判断したのだが、こちらに伏兵がいるとわかって飛んできた。だが、もう少し早く来ればよかった」

「私が震えているのは、襲われたからではありません。グラント様に何かあったらと、それがずっと心配で」

「私は無事だ。前に倒れて心配をかけたから、今日は無事でいようと決めていたのだ」

ただ少しかすり傷は負ったがと、グラントはひょいと腕を持ち上げた。

そしてそれを見た途端、ヒスイの顔が大きく引きつった。

何せ彼が持ち上げた腕には、思いのほか大きな傷がついていたのだ。

「これは少しとは言いません！」

「だが、それほど痛くはない」

「痛くなくても血がたくさん出ているではありませんか！　誰か手当てするものを持ってきて！」

「いや、構わ――」

「構います！　そこに座ってください！」

ヒスイの強引さに負け、グラントは身体を小さくしながら椅子にちょこんと腰を下ろした。

体格も年齢もだいぶ差がある小さな妻に叱られてしゅんとしている姿は、グラントの性格を知らない者たちから見れば相当に衝撃的だったらしく、信じられないものを見たような顔で固まっている。

そんな中、止血布を持ってヒスイの側にやってきたのはシャルだった。彼女もまた少し

戸惑ったような表情を浮かべており、ヒスイに布を差し出す動きもどこかぎこちない。

「ヒスイ様、あの……」

「今は何も言わなくていいわ」

彼女の手から布を受け取りながら、ヒスイは彼女を見上げて微笑んだ。

「でもお城に帰ったら、私、あなたにすごく怒ると思うから覚悟してね」

ヒスイは笑顔を崩さなかったが、それが逆に恐ろしく見えたのだろう。シャルは黙って頷き、そんな彼女の頭をミカゲが労うようにぽんと叩く。

その様子を横目で見ながら、ヒスイはグラントに止血を施していく。

「グラント様にも、後でいっぱい言いたいことがあるので」

「……私も、叱られるのか？」

それはどうでしょうかとヒスイがとぼけると、グラントは珍しく真っ青になってうなだれる。

先ほどの、容赦なく敵を倒す恐ろしい姿とは真逆の、どこか情けない彼の様子は、再び周囲に衝撃を与えたのだろう。後日、民の間では、『あの残酷王は、王妃の尻に敷かれているらしい』という噂で持ちきりになるのだが、ヒスイとグラントはそのことを知るよしもなかった。

第八章

騒ぎが収まり、無事城へと戻ってきたヒスイは、グラントとシャルから改めて今回の騒動の説明と謝罪を受けることとなった。

「シャルには今回の騒ぎの首謀者を探らせていたのだ」

火事を免れたヒスイの私室には、グラントとシャル、そしてミカゲとリオンが集まっている。

ヒスイは知らなかったが、リオンは情報屋として国内外の出来事をグラントに伝える任務についており、今回の件も彼が最初に情報をつかんだらしい。

「組織の規模自体は小さいが、その組織に賛同する者が城の中にいるとわかったんだよ。そして彼らは、国と……特にグラントに不満がある者を見つけては仲間に引き入れているらしくてね」

わかりやすく説明をしてくれたのはリオンで、彼のおかげでヒスイも概要をつかむことができた。

「私がヒスイ様のことでグラント陛下を快く思っていないことは、傍から見ても明らかでした。だから組織が私と接触をはかるかもしれないと思い、陛下の怒りを買って軍をクビになったと装っていたんです」

そしてそのもくろみは当たり、シャルは組織に迎え入れられ、内部から情報を流していたらしい。

「じゃあ今回のことも、グラント様たちは事前に知っていたのね」

「ああ。だからお前を城から遠ざけるために、織物を口実にしてリオンのところへやったのだ。……まあ結局、危険にさらしてしまったが」

そこでグラントは、忌々しそうにリオンを見つめる。

「それにしても、お前の私兵は役に立たないな。女たちの中に敵が潜んでいると発覚したのがギリギリだったとはいえ、何か手を打てただろう。武器を持った者も多かったが、身体検査などはちゃんとしたのだろうな」

「したよ。ただその身体検査をした兵士の中に敵が混じっていたみたいでね」

「役に立たないどころか、そもそも敵だったのか……」

「まあそのおかげで、裏切り者も含めて全員捕縛できたんだからよしとしようよ」

あっけらかんとしたリオンの声にグラントは今にも怒り出しそうだったが、落ち着かせようとヒスイが腕をつかむと、渋々といった様子で彼は黙り込む。

「でも、解決できたのならよかったですよ」

「だが、お前には色々と心配をかけたな」

「ヒスイ様、今回は本当にすみませんでした」

ヒスイが安堵していると、騙していたことを後ろめたく思ったのか、グラントとシャルがそれぞれ謝罪の言葉をこぼす。

「そんな顔をしないで、さっきは怒ると言ったけれど、あれは冗談だから」

しゅんとする二人に苦笑して、「むしろこちらがごめんなさい」とヒスイの方が謝る。

「シャルが突然いなくなったとき、私がもっと冷静であれば、何か理由があると気づけたはずなの。なのに私、とても取り乱して、グラント様のことも傷つけてしまったわ……」

だから、叱られるのは自分の方だろう。

そう思い、もう一度謝罪しようとしたとき、それまで黙っていたミカゲが、わざとらしい咳払いをこぼした。

「その冷静になれなかった件に関して、一つ思うところがあるんだが……」

言葉を切り、ミカゲは真面目な顔でヒスイとグラントを交互に見た。

「二人が結婚してもうすぐ二か月だろう？　だからその、もしかしたらもしかするんじゃないかと」

「もしかするとは何だ」

「察しろよ。結婚してもうすぐ二か月ってことは、できててもおかしくねぇだろって話だ」

身も蓋もない言い方だったが、ヒスイは無意識のうちにお腹に手を当てる。その仕草でグラントもようやく、ミカゲの言いたいことに気づいたようだ。

「このところずっと情緒不安定だったみたいだし、食事のときにも気持ち悪いってよく言ってたから、もしかしたらと思ってな」

「妊娠したのか!?」

グラントはミカゲの肩をつかんで揺さぶる。

「医者じゃないからわかんねぇよ! 一度ちゃんと診てもらえ」

「ではあの、今すぐにでも呼んできます!!」

言うなり飛び出していったのはシャルで、彼女もグラントと同様、かなり慌てふためいているようだった。

(今更だけど、グラント様とシャルってなんだか似てる気がする)

心配の仕方も、慌て方も、喜び方も似ていると思いながら、ヒスイは自らの腹部をそっとさすった。

急な話なのでまだ実感はないけれど、それでももし本当に子供ができているのだとしたら、これ以上の喜びはない。

「ヒスイ」

それはグラントも同じだったようで、彼は微笑みながらヒスイの身体をぎゅっと抱きしめた。

「お前も、そしてお腹の子も、私が守ると改めて誓ってもよいだろうか?」

「まだ少し気が早い気がするけれど、もちろんよ」

「ならば誓おう」

ヒスイの側に膝をつき、グラントはその指先に口づけを落とした。

その甘い仕草にヒスイは胸を押さえ、泣きそうになるのを堪える。

「すごいわ、また一つ夢が叶った」

「夢？」

「幼い頃からずっと、グラント様にこうされるのが夢だったの。童話に出てくる騎士みたいに『ずっと側にいる』『ずっと守る』ってグラント様が私に約束してくれたらって思っていて」

「そうか。ずっと側にいる。お前を守り、そして愛すると誓う」

その後もグラントは、とびきり甘い言葉をヒスイにかけ始め、彼女はみるみる赤面していく。

「どうしよう、幸せすぎて死んでしまうかも」

「それは困るが、お前が望むことは何でもするから遠慮なく言ってくれ」

「言いたいけど、強すぎる刺激はお腹の子に悪そうだから、また今度にするわ」

そんなやりとりすら幸せだと思いながら、ヒスイは今度は自分からグラントに抱きついた。

そして、彼にだけ聞こえる声でそっと囁く。

「私も、あなたの側にずっといると誓うわ。グラント様のような強さはないけれど、あなたがくれた愛情と優しさを大事にしながら生きていくつもりよ」

「私よりヒスイの方がずっと強い。辛い後宮での日々に耐え、優しさを失わなかったお前なら、きっといい母親になる」

そんな言葉と抱擁を交わし、二人は改めてお互いの愛情を確認した。

それから程なくして、訪れた医者によってヒスイの懐妊が伝えられた。

日頃、感情を露わにすることがないグラントも、このときばかりは大いに喜び、一日中明るい笑顔を浮かべていた。彼も普通に笑うことがあるのだと、城の者たちはずいぶん驚いたらしい。

そしてこの話はあっという間に城下町へと広がり、それからしばらくの間、新聞には残酷王が見せた新しい一面を面白おかしく紹介する記事が溢れたという。

＊＊＊

『残酷王、王妃のために菓子を買う』

ヒスイの妊娠が発覚してからしばらく経ち、再び元の任務に戻されたシャルは、王の寝室の側にある護衛用の控室で、そんな見出しの新聞を少し不思議な気持ちで眺めていた。

少し前の自分なら、こんな話は嘘っぽちだと苛立ったに違いないが、今はグラントに対して好意的な新聞を見てほっとしている自分がいる。

好意的どころか若干茶化しているところもあるが、ヒスイのために可愛らしい菓子店に王が立ち寄ったという記事は読み物としても面白い。

（きっと、これを見たらヒスイ様も喜ぶだろうな）

このところ喜ばしい出来事ばかりが続いていて、きっとこの記事もヒスイを笑顔にするに違いないと思うと、シャルの方まで嬉しくなる。

ヒスイの護衛になって以来、シャルは常に彼女の幸せだけを望んできた。

だからこそ、グラントはその幸せを壊す者だと憎んだこともあったが、ヒスイが彼を愛し、彼もまたヒスイを強く愛していると気づいてからは、その気持ちもなくなり、彼の行動も、それがこうした記事になることも、素直に喜べるようになった。

今は二人の子供が生まれるのが楽しみだし、自分の剣がその子を守るために役立てばと思っている。

「ニヤニヤしてるけど、いいことでもあったのか？」

そんなシャルにめざとく気づいて声をかけてきたのはミカゲだ。

控室のベッドに腰を下ろし、こちらをじっと見つめる彼にシャルは不満げな顔を向ける。

「別に、ニヤニヤなんてしてません」

「どうせバレてるんだから、素直になりゃいいのに」

「そういう父上こそ、だらしない顔でゴロゴロしてていいんですか？　今日は夜から別の仕事があるって言ってましたよね」

「そうだ、そろそろ出ないとまずい」

そう言って身体を起こし、ミカゲは珍しく真面目な顔でシャルを見つめる。

「シャル、お前も来い」

「こんな夜更けにですか？　それに、護衛が二人してヒスイ様の側を離れるのはまずいんじゃ」

「その分警備の数を増やしてあるから大丈夫だよ」

と言うことは、自分が連れ出されるのは織り込み済みだったのだろう。それならもっと早くに言ってくれればいいのにと思いつつ、なんとなくいつものような文句は出てこない。

(何だろう、父上の気配がいつもと少し違う気がする)

「ほら、行くぞ」

どことなく緊張しているようにも見えるミカゲの様子に不安を抱くが、その理由を尋ねても教えてくれるとは思えない。

なので仕方なく彼に続いて控室を出ると、ミカゲは数日前に全焼した東の塔へと彼女を連れてきた。

珍しく霧は薄いが、夜も遅いので辺りはかなり暗い。日頃から人が立ち寄るような場所ではないにもかかわらず、人の気配を感じてシャルははっとする。

「遅いよ二人とも、日が昇る前に色々終わらせなきゃいけないんだから早く早く」

急かす声と共にシャルたちの前に現れたのはリオンで、彼は煤だらけになりながらがれきを片づけていた。気配の正体が彼だとわかり安堵する一方、シャルは怪訝に思う。

「ここの掃除が仕事なんですか？　それもこんな暗がりで？」

尋ねると、ミカゲは小さく頷いた。

「片づけなら、使用人たちにやらせればいいじゃないですか」

「それができないから俺たちがここにいるんだよ。ここは王の私的な品が納められた特別な塔だったから、焼けたとはいえ誰でも入れるわけじゃない」

それに……とその場にしゃがみ込み、ミカゲは足下のがれきをどけて地面の煤を払った。

するとその下から大きな鉄の扉が現れ、ミカゲは躊躇いなくそれを開け放つ。

「見られちゃならんものを処分するのも、王の側近の仕事だからな」

扉の先には地下へと続く階段があるようで、ミカゲはシャルにそこを下りろと告げる。

ひどく不気味な上に悪臭のするそこを下りるのは勇気がいったが、自分を見つめるミカゲとリオンの眼差しは真剣そのもので、文句を言える雰囲気ではない。

仕方なく狭い石段を下りていくと、そこは古びた独房へと続いているようだった。

「ここに、誰か入れられているんですか？」

「入れられてと言うより、置かれている……という感じだな」

ミカゲが持っていた鍵で独房を開けると、更なる悪臭がしてシャルは思わず顔をしかめる。

今すぐにでもとって返したい気持ちになるが、奥に進まねばならないという不思議な使命感も湧きあがっていた。

ミカゲがこの場所に自分を連れてきたのは、何か大きな意味があるのではないかと、ここにきて感じ始めていたのだ。

鼻と口を手で覆いながら独房の中に入ると、悪臭のもとはすぐにわかった。

独房の奥には、腐敗した遺体が一つ転がっていたのだ。

「これは……」

誰だと尋ねようとして、シャルは遺体の頭にのった大きな王冠に目がとまる。

鈍い輝きを放つ王冠をシャルがその目で最後に見たのは、王が参加する舞踏会の警備をしていたときだ。

王と言ってもそれは前王フィリップのことで、小柄な身体に似合わぬ仰々しい王冠を見て、『不釣り合いだな』と思ったものだ。

「まさかこの遺体は……」

「前王のフィリップだ。まあ、正確には彼だったものだが」

淡々と言い放つミカゲに、シャルははじめ彼が冗談を言っているのだと思った。

けれどミカゲはもちろん、笑顔を浮かべていることが多いリオンですら笑っていない。

「でもフィリップ様は、事故で亡くなったはずですよね……？　そして遺体も見つかっていないと、発表されたはずです」

公の記録では、フィリップの死因は馬車の事故のはずだった。軍の視察に出かける途中、馬が暴走し馬車ごと海に落ちたのだと、シャルは聞かされていた。

「あの事故は偽装だ。フィリップは、海になんて落ちちゃいない」

ミカゲの言葉に、シャルは恐る恐るフィリップの遺体を検分する。その身体には刺し傷があったが、その数は尋常ではなかった。

むごたらしい亡骸を長い間直視していられず、シャルはすぐに遺体から身を引いた。

「何故、これを私に見せたのですか？」

「お前に自らの責務の重さをわからせるためだ。これは、起こりうる未来の一つだから」

「起こりうる未来？」

「フィリップを殺したのは、グラントだ。そして彼を凶行に走らせたものを、お前は今後一生守っていくことになる」

「まさか、ヒスイ様がグラント様にやらせたというんですか？」

「そういう意味じゃない。だが彼女の存在が、グラントを突き動かしフィリップを殺させたんだ」

ミカゲの説明にシャルが唖然としていると、そこでリオンが苦笑を浮かべる。

「公にはされてないけど、フィリップ陛下は死ぬ直前、ヒスイ様を妃にと望んでいたんだ。ずっと放置していた姫が美しく成長したのに気づき、手に入れたくなったんだろうね」

そしてその結果がこれなのだということは、言われなくてもわかる。

「元々、フィリップの暗殺計画自体は軍にあったんだ。フィリップは後世に自分の名を残すことばかりに執着し、無謀な戦ばかり続けていたからね。グラントのおかげで戦には勝っていたが、我が国の国力は確実に衰えていき、民たちの生活も苦しくなっていた。……とはいえまあ、本当はもう少し美しく幕引きをさせるつもりだったんだけど」

そこで言葉を切り、続きを知りたいかと尋ねるようにリオンが目配せをする。

頷くと、彼は、「知ったら戻れないよ」と前置きをしたあと、先を続けた。

「だが計画を実行する直前、フィリップはヒスイ様を娶りたいと、あろうことかグラントにこぼしたんだ。フィリップには男の世継ぎがおらず、焦りもあったんだろう。そんなとき、ヒスイ様が母親と同様……いや、それ以上に女神の面影があると気づき、その姿に天啓でも得たつもりだったんだろうね」

グラントがずっとヒスイを愛していることを知らないフィリップは、彼の前でヒスイを娶ると宣言した上に、下劣な言葉で彼女を貶めたらしい。

『母親は淫乱だったから、あの娘もすぐ股を開くだろう』と下卑た笑いを浮かべ、ヒスイを凌辱する計画を話し始めたのだ。

次の瞬間、グラントはフィリップの胸に深々と剣を突き立てていた。

彼が助けを呼べぬように、持っていたナイフで喉を切り裂き、倒れたフィリップに再度刃を振り下ろしたところでようやく周囲の人間が事態に気づいたが、止めることはできなかったらしい。

「僕もミカゲもそのとき側にいたけど、彼が剣を収めるまで動くことすらできなかったよ」

終始無言で剣を振り下ろすその姿は常軌《じょうき》を逸《いっ》していたと呟いて、リオンはそこで初めて申し訳なさそうな顔をフィリップの遺体に向けた。

「最後に、グラントは言ったんだ。『ヒスイを汚そうとする者は容赦しない』と」

その言葉に、シャルはヒスイの腕を強くつかんでしまったときのことを思い出す。

あのときはすぐにヒスイが間に入ってくれたので事なきを得たが、自分を見つめるグラントの瞳は恐ろしいほどに冷たかった。

その眼差しに射貫かれた瞬間、命の危険を感じ、シャルはその後なかなか震えを止めることができなかった。

(腕をつかんだ程度であれほどの殺意を放つ人なら、確かにやりかねない)

グラントの愛情はあまりに苛烈だ。

だがその苛烈さはヒスイを守る盾になるかもしれないと、シャルは思う。

「グラントは有能で冷静な男だ。だがそれは、姫さんがいて初めて成り立つものだ。万が一俺やお前がしくじって姫さんの身に何かあれば、後はわかるな……？」

「私たちは平気で殺されるわけですね」

「俺たちが死ぬくらいなら構わん。だがもし姫さんが死に、そこに他の国が関わっていたなんて事態になったら、あいつはこの大陸全てを焼き尽くしてでも復讐するだろうな」

大げさだと思いたいけれど、グラントの凶行を間近で見たミカゲが言うのなら、きっとあり得る事態なのだろう。

「前にあいつ自身が言っていたが、グラントは姫さん以外にまるで興味がないんだ。だからこそ彼女への愛情は純粋でまっすぐだし、彼女が平和を望み国民を愛するなら、きっと奴はいい王になれる」

「でもヒスイ様がいなくなれば……」

「そうならないようにするのが俺たちだ」

ミカゲの言葉に、シャルは今一度フィリップの遺体に目を向ける。

「やっぱりまだ、グラントは姫さんにふさわしくないって思うか？」

「自分でも不思議ですが、逆に安心して任せられると、今は思います」

長年ヒスイを苦しめてきた元凶を討ち倒し、彼女を幸せにしようと尽力しているのだとしたら、それはシャルにとっては何より喜ばしいことだ。

たとえグラントの内側に悪魔が潜んでいるとしても、ヒスイに害がないのであれば問題はない。むしろ彼の狂気がヒスイの敵に向くことを歓迎さえしていた。

「なんとなく、お前ならそう言う気がしてたんだよな。お前の姫さんへの執着心は、負けず劣らずだし」

「だから、ここに連れてきたんですか？」

「それもあるし、純粋にこれを一人で片づけるのが面倒だったってのもある。リオンはなんだかんだ言って手伝わねぇしな」

「いや、だってこういうの触りたくないし」

「じゃあ外で見張ってろ」

顔色一つ変えず、腐敗のひどい遺体をテキパキまとめて担ぎ上げる父の方が怖いとシャルは思ったが、それは口には出せなかった。

「遺体はどこへ？」

「海まで運んで捨てる。本当はもう少し外見がわからなくなってからと思ったが、火事の片づけの際にこの場所のことがバレるとまずいからな」

さすがに、グラントがフィリップを殺したことが明るみに出るのはまずいのだろう。

それを察したシャルは詳しいことを尋ねるのはやめ、まったく別の質問を投げかける。

「父上は、こうした仕事をよくしているのですか？」

「今日からはお前の仕事でもあるんだぞ」

「普通、娘に汚れ仕事をさせるのに、もう少し抵抗を感じてもいいと思うんですけど」

「本物の娘じゃねぇし。それに俺、お前の嫌そうな顔を見るの好きだし」

言い切るミカゲにうんざりしつつも、それを見せれば喜ばせてしまうとわかったシャルは、表情を引き締める。

そのままミカゲを手伝いながら地上へと戻ったところで、シャルは視線を感じ、顔を上げた。

見れば、王の寝室から続くバルコニーに、グラントが一人でたたずんでいる。

彼はじっとこちらを見つめていて、シャルもまた彼を見つめた。

そうしているうちに辺りには深い霧が立ちこめてきて、王の姿は静かに消えていった。

＊＊＊

辺りが霧に閉ざされ、一寸先さえも見えなくなると、グラントはバルコニーから音もなく室内へと戻った。

「眠れないの？」

てっきり寝ているとばかり思っていたヒスイが身体を起こす。

「すまない、起こしてしまったか」

「なんだか今日は目がさえてしまって」

そう言いながら、ヒスイはグラントに隣に来て欲しいとベッドを軽く叩く。

だがグラントは、それを躊躇《ちゅうちょ》した。

「どうかした？」

「いや、外に出たせいで身体が冷えているから……」

「それなら、なおさら早く来て」

「だが、お前の身体を冷やしたらまずい」

「今は熱いくらいなので大丈夫よ」

無邪気に笑うヒスイに根負けし、グラントは羽織っていたガウンを放るとヒスイの隣に横たわる。

「確かに、腕が冷たいわ」

「やはり出た方がいいか？」

「いえ、もっと近くに」

ヒスイのおねだりが嬉しくて、グラントは彼女の身体をぎゅっと抱きしめる。

身重の身体を慮《おもんぱか》ってここしばらく肌を合わせていなかったせいか、久々の接触はグラントに言い知れぬ幸福感をもたらした。

(私が手にするには大きすぎるほどの幸せだ)

「グラント様、私は今とても幸せよ」

グラントの心の声を読んだかのように、ヒスイが腕の中で優しく囁いた。

思わずその顔を窺うと、彼女は幸せそうな――けれどどこか不安げな瞳でグラントを見ていた。

「だから、どこにも行かないで」

「安心しろ。私の居場所は、お前の隣以外にない」

ただそれが、彼女を苦しめることになりはしないかと、グラントの胸に不安がよぎる。

(それでも、この身体は手放せぬ。彼女が私を恐れ、側にいたくないと泣き叫んだとして

も、私はその姿すら愛してしまうだろうから）

「愛している。だからどうか私から逃げないでくれ」

「逃げるなんてあり得ないわ。だって私、出会ったときから今までずっと、グラント様に近づきたいと、そればかり考えていたから」

愛情も執着も、ヒスイは全て好意的に捉えて受け入れてくれる。そうされることでグラントは救われ、より一層彼女を愛おしく思う。

「グラント様、少しだけ……してはだめ？」

「身重の身体に無理はさせたくない」

「そう言って、最近は口づけすらしてくれないから寂しくて」

可愛らしい不満をこぼされて、グラントは思わず手で自分の顔を覆った。

「お前はすぐ、甘やかしたくなるようなことを言う」

「言わせているのはグラント様よ」

「……わかった。だが無理のない範囲でだ」

グラントが提案すると、ヒスイは幸せそうな顔でコクリと頷いた。

ゆっくりと身体を起こすヒスイの身体から衣服を剝ぎ取り、グラントもまたズボンと下着を取り去った。

（そういえば、裸で抱き合うのはまだ二回目だな）

「こうするのは二回目ね」

重なった考えと言葉に、グラントはふっと笑みをこぼす。

「ヒスイは、私の考えを読んでいるのか？」

「読む？」

「時々、私が心の中で浮かべた言葉を、お前が口にすることがある」

「心の中を読んでいるわけではないわ。ただきっと、相性がいいのね」

小さな額をグラントの胸に押し当て、ヒスイが小さく笑う。

「そうだな、確かに私たちは色々と相性がよい」

小さな身体を抱き上げると、グラントは向かい合わせになるようにして、彼女の身体を膝の上にのせた。

「見よ、お前を抱き寄せるだけでこの有り様だ」

二人の腰の間には、グラントの屹立が硬く立ち上がっている。それを見て、恥ずかしそうに頬を染めるヒスイは愛らしすぎて、グラントの顔に小さな笑みが浮かぶ。

「ヒスイ」

名前を呼んで、グラントは彼女の身体をぎゅっと抱きしめ、唇を奪う。

最初の頃はつたなかったヒスイの口づけは、ずいぶんと巧みになった。

彼の歯列をなぞり、上顎を刺激し、彼女をからめとろうとするグラントの舌を翻弄さえしてみせる。

「お前の舌は、いたずらっ子だな」

グラントは、一度唇を離し、今度は角度を変えて荒々しく舌を差し入れる。

逃さないよう強く舌を絡めれば、背中に回されていたヒスイの腕が、ビクンと跳ねた。

「あぁ……んむ……ンッ」

口づけに夢中になると、ヒスイは猫のように爪を立てた。けれど痛みはなく、感じるのは甘い痺れだけだ。

「もっとか？」

いつもなら長く続ける口づけを、グラントはあえて短く切り上げた。するとヒスイは濡れた瞳でグラントを見つめる。息が上がり、言葉は口にできないようだけれど、その顔を見れば彼女が淫らな願いを抱いていることはすぐわかる。

「舌を出せるか？」

グラントが言うと、ヒスイは口を開けてピンク色の舌をおずおずと差し出した。

「……ンっ！」

それを強く吸い上げると、ヒスイの身体がまた大きく跳ねる。

うねる蛇のように、舌と唾液を絡ませると、ヒスイの鼻から甘い息がこぼれ、それがグラントの身体を更に熱くする。

お互いの頬や肩に触れながら相手を求め、それに応える行為はあまりに甘美だ。

「あぁ……ンッ……グラ……ント」

お互いを確かめ合うように、二人は舌と身体を絡ませ熱を高めていく。

そうしているうちに二人の身体はより密着し、ヒスイの腿がグラントの男根を扱くように滑った。

「……くそッ」

その刺激で滲み出た先走りがヒスイの腹部を汚すのを見て、グラントは僅かに腰を遠ざけようとする。

「大丈夫……、このまま」

けれどヒスイは小さく微笑んで、先ほどより強く肌を密着させてきた。

「いつもより……お前を感じる気がする」

ヒスイはそのまま僅かに腰を浮かせ、グラントの肉茎を擦り上げるように上下させる。

あまりに甘美な律動に、グラントは熱い吐息をこぼし、思わず目を閉じた。

そうすると、実際に繋がっているわけではないのに、まるで彼女の中にいるような錯覚を覚える。

「あぁ……擦れて、気持ちいい……」

ヒスイの動きに合わせてグラントも腰を上下させると、彼女の口からも甘い嬌声がこぼれ出す。

それをもっと近くで聞きたくて、グラントは彼女の首筋に顔を近づけた。そのまま彼女の肌に吸い付き、赤い痕を散らせば、こぼれる吐息の量が更に増した。

「やぁ……そこ……」

「こうされるのが、好きか？」

ヒスイの本音と官能を引き出すためにもう一度首筋を責めると、彼女は愉悦に震えた。

「すき……グラント様に、されるの……すき」

「私も……、ヒスイと触れ合うのは好きだ」

喰らいつくように首筋を吸い上げると、ヒスイの身体が愉悦に跳ねる。その動きでグラントの男根は強く刺激され、彼もまた快楽の波に呑まれそうになる。

「共に達く、ぞッ……」

「はい……、ンッわたし……もう……」

お互いの身体にきつく腕を回し、二人は腰を擦り合わせながら口づけを再開する。

下の繋がりはなくとも、重なった身体の熱は確実に高まってゆき、二人はひときわ大きく身体を震わせた。

「あッ……ンッ、グラント……！」

蕩けきった声で名を呼ばれた瞬間、グラントの白濁がヒスイの身体を汚した。その一部は顔にまで飛び散ったが、ヒスイは幸せそうにそれを指で拭った。

「……ヒスイ、私はお前を……」

愛していると告げたかったのに、ヒスイの口づけによって遮られる。

「わかってる。私も、同じ気持ちだから……」

優しい声に、今度はグラントがヒスイの唇を奪う。

ピタリと合わさった心は、もう二度と引き剝がせない。
グラントは鼓動と温もりをヒスイに重ね、ゆっくりと目を閉じた。

エピローグ

その日、ローナン国の首都ディセルダは、珍しく晴天に恵まれていた。

青空の下、街では人々が国旗を振り、歓喜と祝福の声を上げている。

彼らが祝っているのは、新しい王子の誕生だ。

残酷王と呼ばれるグラントは未だ民に恐れられる存在だが、近頃は以前のような根も葉もない噂はなくなり、少しずつだが彼の功績も見直されている。

そんな折の王子の誕生は、この国と恐ろしい王を明るい未来へと導くに違いないと、人々は喜んでいた。


——だが人々が喜びに浮かれる中、ただ一人不安な顔を浮かべている者もいる。

「本当に大丈夫か？　私が持っても、この子は壊れたりしないか？」

生まれたばかりの赤子を産婆から手渡された、ローナン国王グラントその人である。

彼は赤子をおっかなびっくり抱き上げながら、不安そうに顔をしかめている。その表情は、傍から見ても以前より大分穏やかになったが、それでも赤子が見れば泣き出しそうな険しさだ。

けれど生まれたばかりの王子は、眉間に皺が寄ったグラントの顔を見ても怯える様子がなかった。

「大丈夫よ。その子はグラント様に似て肝の据わった子だから」

不安げなグラントにそっと微笑んだのは、ベッドの中のヒスイだった。まだ起き上がることはできないが、彼女は出産を耐え抜き、今はもう笑顔を見せられるまでに回復していた。

「顔はヒスイに似たな」

「でも目はグラント様に似ているわ」

「将来、私の様に鋭くならなければいいが……」

「鋭くてもいいじゃない。私、グラント様の目は、他の誰よりも格好いいと思うわ」

不意打ちの褒め言葉に、グラントは喜びのあまり顔をしかめる。

それを見ても、赤子はやはり泣いたりはしなかった。

「この顔を見て泣かないところは、ヒスイ様に似ていますね」

「そうだな、いい度胸だ」

茶々を入れたのは、少し離れたところで見守っていたシャルとミカゲだ。

「きっとまだ目が見えていないだけだ。視力が増したら、きっと泣かれる」

「そのときは、私が代わりにあやしますからご心配なく」

「俺も、子供には好かれる性質《たち》だから任せろ」

護衛二人からの心強い言葉に、ヒスイは「よろしく」と笑っていたが、グラントは少し面白くない。

「そんな顔をしないで。私たちの息子なのだから大丈夫よ」

ヒスイに励まされ、グラントは恐る恐る赤子の顔を覗き込む。

じぃっとこちらを見る瞳には、まだ何の感情も表れていない。だがそこに、恐怖ではなく自分への愛情が宿ってくれたらと、そう思わずにはいられない。

「頼むから、お前はこの先も私を見て泣かないでくれ」

そう懇願すると、まるで赤子は承知したというようにグラントの腕の中でビクンと動いた。

それを取り落とさないよう抱き直しながら、彼はヒスイの側に腰を下ろす。

「ヒスイ、私はこの子が大好きになりそうだ」

「グラント様ったら、今更何を言っているの？」

「実はその、少し自信がなかったのだ。私はお前のことを想いすぎているから、同じだけの愛情を抱けるだろうかと」

だがこうして腕に抱けば、愛おしい気持ちはちゃんと、彼の中にあった。

「愛せる者が増えて、よかった」

しみじみと言うと、ヒスイは身体を起こし、グラントの額に口づけを落とす。

それから彼は赤子に向き直り、その顔をじっと見つめた。

「至らぬ父だとは思うが、今後ともよろしく頼む」

大真面目に宣言すれば、周りの者たちが一斉に笑った。

何故笑うのだろうかと首を傾げていると、腕の中の赤子が眠そうに目を細めた。

(すまない、私の言葉は堅苦しすぎたのか。今後はもう少しお前に理解できる言葉にしよう)

心の中でそう反省し、グラントはヒスイと一緒に赤子の穏やかな眠りを眺めた。

きっと自分は、この小さな命からたくさんのことを学ぶに違いない。

そんな予感を抱きながら、グラントは愛おしい家族の側で、幸せそうに微笑んだ——。

あとがき

この度は『残酷王の不器用な溺愛』を手に取っていただき、ありがとうございます！

ソーニャ文庫の隙間《すきま》産業担当（主に残念なイケメン推し的な意味で）八巻《はちまき》にのはと申します。

気がつけば、ソーニャ文庫で書かせていただくようになって、もうすぐ三年になります。

基本的に自分は主流の人間ではないので、他の作家さんたちが書かれる素敵な作品群の隙間を埋めたり、他の作品への橋渡しができるような作品を書いていければ……という思いで、この三年間残念なイケメンを量産してまいりました。

ただ、これまでの作品タイトルに目を向けると、「猫耳」「変人」「サボテン」等々突飛なものばかりが並んでおり、隙間に入るどころか斜め上に行きすぎでは……と不安を覚えることも多々あります。

それでもどうにかこうにかやって来られたのは、読者の皆様と編集のYさんのおかげです、本当にありがとうございます。

また幸いなことに、毎回毎回素晴らしいイラストレーター様に挿絵を描いていただき、大感激しているのですが、今回は以前『変人作曲家の強引な求婚』で挿絵を担当していただいた、氷堂《ひどう》れん様に再び描いていただくことができました。

前回もとても素晴らしかったのですが、今回のヒーローとヒロインもラフの時からすごく素敵でした！　そして何より表紙が綺麗で可愛らしく、今から書店に並ぶのが大変楽しみです！　本当にありがとうございます！


それにしても、三年たっても自分はあとがきが下手だなとしみじみ思います。

それでも、感謝の気持ちが皆様に伝われば幸いです。

ではでは、また次回も残念で楽しいお話をお届けできればと思っております！

八巻にのは

この本を読んでのご意見・ご感想をお待ちしております。

◆ あて先 ◆

〒101-0051
東京都千代田区神田神保町2-4-7 久月神田ビル
㈱イースト・プレス　ソーニャ文庫編集部
八巻にのは先生／氷堂れん先生

残酷王《ざんこくおう》の不器用《ぶきよう》な溺愛《できあい》

2018年3月4日　第1刷発行

著　　者　八巻《はちまき》にのは
イラスト　氷堂《ひどう》れん
装　　丁　imagejack.inc
D　T　P　松井和彌
編集・発行人　安本千恵子
発　行　所　株式会社イースト・プレス
〒101-0051
東京都千代田区神田神保町2-4-7 久月神田ビル
TEL 03-5213-4700　FAX 03-5213-4701
印　刷　所　中央精版印刷株式会社

©NINOHA HACHIMAKI,2018 Printed in Japan
ISBN 978-4-7816-9620-1
定価はカバーに表示してあります。
※本書の内容の一部あるいはすべてを無断で複写・複製・転載することを禁じます。
※この物語はフィクションであり、実在する人物・団体等とは関係ありません。

Sonya ソーニャ文庫の本

『変人作曲家の強引な求婚』 八巻にのは

イラスト 氷堂れん